集英社オレンジ文庫

放課後、君はさくらのなかで

竹岡葉月

本書は書き下ろしです。

Contents

イラスト／ヤマウチシズ

放課後、君はさくらのなかで

1章　ローファー、教科書、通学定期

（――シングだ）

学校の中というのは、案外と色んな音で満ちている。

放課後、野球部の金属バットが硬球を叩く高い音。バスケットボール部のドリブルは、こもったスネアドラムのロールっぽい。たまにキュッとバッシュがこすれる音が混じるのは、ハイハットかピッコロで表現しようか。テニスの壁打ち。なんだろう、マリンバかな。

人の声を抜かしても、ざっと挙げるだけでこれぐらいは遊べる。

なかなか待ち人が来ないものだから、私もかなり退屈していたのだ。

こうやって廊下の窓枠に肘《ひじ》をついて、なんとはなしに聞こえてくる音という音に楽器を当てはめて時間をつぶしていたら、ふいに本物の『音楽』が鳴りだしたのである。あの『シング・シング・シング』、スウィングジャズの代表曲。というより、中学高校で吹奏楽部なりブラスバンド部なりにいた人間なら、知らない奴はいないのではというレベルの鉄板曲。

マーチングバンドの強豪校が、この『シング』でど派手なパフォーマンスをするのを、テレビで観た方もいるのではないだろうか。

（どっかで吹部《すいぶ》が練習してるの？）

私は探るように視線を泳がせる。

この上の階——二階か三階、でもなかったら屋上だろうか。あいつら、大所帯でどこにでも散るから。

私のところは座奏中心で、マーチングでコンクールに出るようなことはなかった。でも、定期演奏会のレパートリーには入っていた。だからイントロのトロンボーンとトランペットの掛け合いを聴いただけで特定は可能。というか懐かしさに吐く。

うわあ、本気で懐かしすぎる。

我ながら意外なぐらいに血が騒いでいることに、驚いてしまった。

試しに金管《きんかん》の音に合わせて指を動かしてみたら……ちゃんと動くんだわこれが。嘘《うそ》でしょ。だって私、楽器なんてもう十年近く触っていないのに。

こういうのが三つ子の魂《たましい》、ナントヤラなのだろうか。体が覚えていると言うには、やや語弊《ごへい》があると思うし。

あ、いま音がよれた。テンポ落とすなよー。低音しっかりー。

「——円城《えんじょう》」

そうそう、最初からね。仕切り直してもう一度。

「円城。円城咲良《さくら》」

あっ、今度は外した。ヘッタクソ！

「円城」

「わっ」

いきなり後ろから肩を叩かれて、私は我に返った。

背後に立っていたのは、スーツのジャケットのかわりに白衣を羽織った、若い男性教師。

「鹿山《かやま》……先生」

「大丈夫か？　ずっと呼んでたんだが」

若い方とはいっても、今年で創立七十余年を誇《ほこ》る私立新京《しんきょう》学園高校の中では、数少ない二十代というだけで、教員歴は六年目のはず。年はアラサーの二十七歳。

名前は鹿山守《まもる》といい、これが本当に鹿みたいにしゅっとしてすらっとした男で、一部の女子にはそのクールイケメンぶりで人気を博《はく》しているらしい。『今』の私の、担任の先生である。

（いけないいけない。うっかりすると、名前に反応するの忘れるんだよね）

どうにも慣れていないものだから。

私はあらためて申し訳ない顔をしてみせる。

「すみません。私の方からお願いして来てもらったのに……」

「いいさ。遅刻した先生の方が悪い」

「でも――」

「とりあえず円城、ここじゃなんだから移動しないか？」

鹿山が言った。

その目の前を、ちょうど屋内トレーニング中らしい男子バレー部員が、横一列になって雑巾がけをしていく。

マネージャーが号令をかけるたびに、彼らは体勢を変えて腹ばいに滑っていって、また号令で起き上がって雑巾がけを再開する。なんというか、かなり怪しげな動き。一応、下半身の強化とレシーブの飛び込みには効くそうだけど、どこまで本当かは私にも不明。

私もまさか、放課後の特別棟がこんなにせわしない場所になるだなんて思わなかったのだ。ここなら誰もいないと思って、わざわざ先生との待ち合わせ場所に指定したつもりだったのに。

「廊下を走らないって標語、小学校の頃にありましたよね……」

「仕方ない。練習場所の確保はどの部も悩みの種だ」

大変だな、都心の学校は。

「本調子じゃない人間を歩かせるのはなんだけど、準備室の方に行こう」

「わかりました」

「あっちの方が落ち着いて話せる」

そんな感じで——鹿山が私を引き連れてやってきたのは、同じ特別棟の二階だった。

（……社会科準備室）

まず社会科教室という、歴史や政経、倫理あたりの授業を受ける時にちょくちょく使う教室があって、その隣にあるのが、社会科準備室だ。

中は授業で使う世界地図とか、郷土の史料などが雑多に置かれた物置部屋、らしい。

社会科教師であるところの鹿山先生は、職員室よりもこの準備室で仕事をしていることが多いという。それはここまでの教室移動や、トイレの雑談などで聞きかじってきた、鹿山氏にまつわるデータの一つだった。

私が実際にこの目で中を見るのは、今日が初めて。

というより、私はこの人と授業と連絡事項以外で喋《しゃべ》ったことが、ほとんどないはずだ。

（だからたぶん、この呼び出しは向こうも驚いたはず——）

そう思う私の目の前で、鹿山が白衣のポケットから、鍵を取り出す。

「そこ、座ってくれ」

噂《うわさ》通りに埃《ほこり》っぽい小部屋の、座面の詰め物がへたったパイプ椅子《いす》を勧められ、私はそこに腰掛ける。

鹿山は閉めきっていた窓を開け始めた。

吹き込んでくる九月の風は、まだまだ生ぬるくて快適とは言いがたい。

女子の夏服――校章の刺繍《ししゅう》入りブラウスと、細かいチェックのプリーツスカートの制服は、可愛《かわい》いけれど新京学園の校則を守って、きっちりと膝《ひざ》下をキープしている。

他の女の子たちが気持ち短めなものだから、トータル五センチぐらい差があるかもしれない、今の私。

それでもこうやって深く椅子に腰掛けると、右膝に巻いた包帯とサポーターが、ほぼむき出しになった。左手首を固定する包帯もだ。

おまけに腰近くまであるストレートの黒髪もおろして、厚めに前髪を作った額には、大きめのガーゼも貼ってあるから、おとなしめの外見とのギャップで、ちょっと痛々しいというか、中二病っぽくもあるかもしれない。

まあ、ファッションじゃなくて本当に怪我してるんだけどね。

塾の帰りに歩道橋の一番上から落ちて、入院二週間。そこから様子を見ながら登校を始めて、一週間。だからしょうがないのだ、中二でも。

私がちゃんと座ったのを確認してから、鹿山も回転椅子に腰掛ける。

「九月じゃまだまだ暑いよな。どうだ、学校の方は」

そう訊《き》いてくる鹿山先生。トレードマークの白衣の下のシャツもパンツも、手入れが行き届いてぱりっとしている。髪型なども毎回きちんとセットして、淡泊そうな顔立ちと相まって、清潔感重視の暑苦しさ皆無。

このあたり、さりげないようでいて相当気を遣《つか》っているなと思う。でないと生徒受けのいいイケメンの雰囲気なんて作れないか。

私は、困った顔で首をかしげる。

「……普通にできるところもあるけど、うまくできなかったり、なんとなく忘れてるところもあります」

「焦らなくていい。打ったのは頭なんだろう。記憶の混乱も見られるって話は、ちゃんと聞いてる」

「でも……」

「他の先生方も配慮してくださってるから、心配するな」

口ごもる私に、鹿山は優しく語りかけてくれる。

「災難だよな。二学期早々こんな目に遭って。でも一歩ずつだ。少しずつ調子を取り戻していこうな」

その口ぶりは、本当に冷静ながらも配慮と思いやりが感じられるものだったと思う。

「だから円城咲良」

「はい、先生」

「今回円城がくれたこれな、気持ちはありがたいが受け取れない。円城に返そうと思う」

彼はそう言って、デスクに置いてあった書類の一番下から、淡いピンクの封筒を引き抜いた。

すでに開封済みのそれは、確かに私が書いたものだ。

『親愛なる鹿山先生』への想いを綴《つづ》り、返事は今日この時間に欲しいとしたためて、教職員用の下駄箱に投下した。

「あのしっかり者の円城でも、うっかり気が弱くなるのが、怪我や病気の怖いところなんだろうとは思うよ」

「……気の迷いじゃなくて、本気だったとしたら？」

「余計に駄目だ。教師は生徒と恋愛はしません」

事務デスクに片肘を置きながら、鹿山はきっぱりと言い切ってくれた。

それは、恋に恋するお嬢さんに勘違いの余地を残さないぐらいには率直で、明日から登校できないとへこむほど辛辣《しんらつ》な物言いというわけでもなかった。

まさしく硬軟取り混ぜ調整に調整を重ね、編み出した最適解というやつ？

私は思わず言ってしまった。

「……なんか慣れてるんですね、こういうの」

鹿山は一瞬目を丸くした後――苦笑した。

「そうだな。慣れてるかもな。だから円城が気にすることもないよ」

「他にも告白した子がいるって聞いていましたけど、噂じゃなくて本当だったんだ。先生ってもてるんですね」

「もてるとは言わないよ、こういうのは」

「そうですか？」

「単に身近で話しやすい独身教師が、ここじゃ俺しかいないってだけで。いくら熱を上げてくれたところで、社会に出たらこの程度の男はいくらでもいるって、みんな絶対に気がつくんだ」

ああ、そういうこと。

「確かに、わかるかも。そういうところはあるかもしれないね、教師ラブって」

「――は？」

「世界が狭くないとできないの」

私は、思春期の視界の狭さを両手で表してうなずいてあげたのに、当人は面食らったみたいに固まってしまった。あれ、なんなの。今の謙遜《けんそん》はポーズだったってこと？

私は、少しだけ座る姿勢を崩した。

「だって私の頃も、今考えたらそんないいか？　って感じの先生が、バレンタインとかダースで貰《もら》ってたじゃない。覚えてる？　体育の藤田《ふじた》ティーチャーとか。一年中『島人《しまんちゅ》』Tシャツ着て、真っ黒に日焼けしてた人。携帯のストラップがあらいぐまラスカルで」

「え、円城……？」

「まあ、藤田サンに比べれば、だんぜん正統派だと思うよ、鹿山先生は。頭に『雰囲気』がつこうがちゃんとイケメンに見えるもの」

向こうが驚愕《きょうがく》に固まれば固まるほど、私の方は冷静になる気がした。

そう、たぶんここまで喋れば、私が普通の状態じゃないことは、薄々伝わると思うのだ。

「……なんで……どこかで聞いたのか……？」

「ラブレターは、あなたと一対一で話したい方便だったの。面倒なこととしてごめんなさい。もう頼れるのは鹿山ぐらいしかいなくて」

私は、声をひそめて言った。

「鹿山。いい？　落ち着いて聞いてほしいの。実は私、円城咲良じゃないの」

「……は？　円城じゃない？」

「さくらはさくらでも、市ノ瀬桜《いちのせさくら》。ソメイヨシノの桜の字を書く方だったりするの」

私の告白に、鹿山は大いに驚き——それはもうキャスター付きの椅子が後ろへ動くぐらいで——ついには手で顔をおさえてしまった。

「か、鹿山？」

ちょっと。しっかり。こんなところで逃避されちゃ困るのよ。

「………俺の知ってる、市ノ瀬桜はな」

「そうね市ノ瀬桜は？」

「円城咲良とは縁もゆかりもないＯＬで」

「そうよその通り」

「俺の高校時代の同級生で」

「なんにも間違ってない」

うなずく私。

今から十年ほど前、私と鹿山は同じ学校に通う高校生だった。

周りは工場と畑とイオンモールしかない県立高校で、私は汗と鼻水をたらしながらトランペットを吹き、鹿山は図書室の住人だった。

現実の鹿山守はうつむいているものの、すっかり乱れた前髪の間から、こちらをうかがっているのがわかった。

怖いものでも見るみたいに。

「何より……死んでるはずだ。三週間前に。交通事故で」

——私は、このことにもうなずかなければならなかった。

だって紛れもない事実だから。

「そうだね。知ってるなら話は早いよ。その通り」

「通夜《つや》にも行ったし焼香《しょうこう》もして、香典《こうでん》返しも貰ったんだ。中身は海苔《のり》と日本茶だった」

「え、嘘。来てくれたの。誰かから連絡行った？」

「榎本《えのもと》からライン来て」

「榎本って吹部のエノピー？　クラリネット吹いてた？　どういうこと？　接点なんてなかったよね」

「大学が一緒だったんだよ。学部は違うけど一般教養《パンキョー》で顔合わせて……って、そうじゃなくて」

「へえ、そうなんだ。うわあ、そんな偶然あるもんなんだね。意外だ」

鹿山ともエノピーとも、卒業後はとんとご無沙汰《ぶさた》というか、どこに進学したのかもあやふやなぐらいだった。

恐らくエノピーの方は、部のOGネットワークで知ったとして。一度として同じクラスになったことがない鹿山の方は、連絡など行きようがなかったはずだから、こんな形で訃報《ふほう》が伝わったのは、奇跡に近いのではないだろうか。

偶然のお導きに感心する私に対し、鹿山の方は、ぜんぜんまったく笑えないようだった。

あらためて私の顔を凝視してくるけど、小綺麗《こぎれい》に整えたはずの雰囲気イケメンから、血の気というものが失せてしまっている。

私はこの事態に向き合って、今日でだいたい三週間ちょっと。すでに鹿山が思うような喜怒哀楽は、一通り経験済みと言ってよかった。

「市ノ瀬桜……?」

乾いた声で、確認された。

「だからそう言ってるでしょ」

「なんでこんな……!」

なんで俺の教え子の体にいるのかって？　なんでちゃんと死んでいないんだって？

そんなの私が一番知りたい話だよ。

とりあえず今の私にできることは、ここにいたるまでの経緯を、説明することぐらいだった。

「……あの日……事故に遭った日はね、とにかくついてなかったんだわ……」

覚えているのは、乗り逃がした終バスと、折れたパンプスの踵《かかと》。

＊＊＊

確かにそんな、胸を張れるような人生じゃなかったけど。

市ノ瀬桜、二十七歳。

転職にともなう引っ越し先を考えた時、一番に思ったのは『一本で帰れること！』であった。

（待って！　待ってお願い行かないで！　私を——見捨てないで！）

歴代の彼氏にだってこんな追いすがり方はしなかったと誓えるぐらいの、未練たっぷりな悲鳴を脳内で響かせながら、最終バスが出発するのを見送る。見送ってしまった、午後十時四十五分。

残暑の熱がなかなか引かない、会社近くのバス停留所。おしゃれなファッションビルの鏡面ガラスに、ぼんやり霞《かす》んだ半月が映っていた。

——ああ、またやってしまった。

私は美しくため息だけついて、まだ動いている電車に乗るため、駅方向へときびすを返した。

会社から一人暮らしをしているワンルームマンションまで、今出ていったバスを使えば三十分ちょっとで帰れる。これを使わない場合は自腹で電車賃を払って、大回りの電車と徒歩で一時間はかかる。なんて馬鹿馬鹿しい。

全ては東京のお家賃が高いのがいけないのだ。本当に上にクソが付くほど高い。だから私も考えたのだ。へたに会社の最寄り駅沿線で部屋を探すよりは、バス停徒歩○分の方が、予算内の選択肢《し》も増えて良いチョイスだって。

(まさかこうも終バスを逃しまくるとは)

通勤定期の意味がない。ほんと意味ない。

まあねえ……まだ転職したばかりだもんねえ。断れないよねえ、残業。

今日なんて定時の二分前に、アホみたいに仕事投げられたけど。しょうがないよね入ったばっかりなら。慣れたらもっとサクサク、効率良く上がることだってできるはず。

隣の席の先輩が、「よっ、市ノ瀬ちゃん。今日は早いね」なんて言って、まだ居残っていたけど。明日の会議が、当然のように営業時間外に設定されているけど。これだって慣れたら……いや、慣れの問題？　違うでしょ。単なる企業の体質でしょこれ。あの会社、慢性的に残業大会に陥《おちい》ってない？

（おかしい。ハロワのおばさんも、面接してくれた人事の人も、よっぽどのことがなければほぼ定時で上がれる職場だって言ってたのに）

『よっぽど』の定義から詰めるべきだったか——。

前よりましな労働環境を手に入れるために、思いきってした転職だったのに、早くもブラックの回転灯がぐるぐると回りだしている。

気のせいだと思いたいけど。でもなあ。これなあ。

私の目の前で、青信号まで点滅を始める。ああもう急げ市ノ瀬桜。私は疲れ切った肉体に鞭《むち》を打って、家に帰るべく早足になったら、急に地面が斜めに傾《かし》いだ気がした。

私は横断歩道にすっころんでいた。

……い、痛いっての！　なんか今、足グキッて言ったよ？

白線の上に転がった通勤バッグをたぐりよせ、半泣きで自分の足下を見たら、右のパンプスのヒールがぷらんぷらんになっていた。

（だから）

(だから私は)

——私はね、家に帰りたいんだよ！

そんなことすらままならんのか。邪魔すんな！

「死にさらせっ」

思わず靴に向かってなじってしまったら、クラクションがけたたましく鳴り響いた。

驚いている暇もろくになかった。猛スピードで突っ込んできた乗用車に、私の体ははね飛ばされたのである。

＊＊＊

「……ばちが当たったのかもねえ」

「ばちが」

「そう。どんな時でも死ねとか言っちゃいけないってほんとね。まさか自分が死ぬとは」

「得る教訓は……それでいいのか……？」

「え、何か間違ってる？」

そして、新京学園の社会科準備室の中に話は戻る。

包帯を巻いた手を頬《ほお》にあてて、しみじみ語る私に、鹿山守が水を差す。

「……いや、いい。続けてくれ」

「なんなのよ」

「気にしなくていいから、早く」

しかも勝手に自己完結して、ため息つきながらこんなことを言うのだ。思い出した、こいつ基本的に感じ悪い奴だったわ。

「……続けるっていうか、それだけよ。気がついたら病院の天井にいたの」

「天井？」

私は、なんと表現するべきか考える。

「よくさあ、遊園地のアーケードの骨組みに、子供が手を放しちゃった風船とかが引っかかってたりするじゃない。あんな感じなの」

恐らくは事故に遭った現場から、一番近い総合病院だったと思う。

私はふわふわと、それこそ風船のような感じで病室らしい部屋の天井に浮いていて、しかも自分ではうまく動けないのだった。

「それで、見えるものがあれなのね。ベッドで息してない自分の顔っていう」

「――――」

「ほんとにほんと。マジですから」

あれは今思い出しても、相当シュールな光景だったと思うのだ。

現に鹿山も絶句してしまっている。

「もうね、できるものなら稲川淳二《いながわじゅんじ》に教えてあげたいって思ったもの」

「——そんな親切心はいらない」

「あ、そう。まあ、証明しようもないけどね。ともかくそんな感じでおろおろ浮いてたら、今度は窓の外が明るくなってくのよ。夜なのに」

まるでそれは、天から降りてきた光の梯子《はしご》。私のいる方角に向かって、まっすぐに延びてくるから。

「私としても、一目見てわかったのね。あ、これは私のための光だって。あそこを目指せばいいんだって」

「それは……いわゆるＵＦＯ的なものではなく……」

「うん。未確認飛行物体じゃなくて、『お迎え』だったんだと思うよ。天国からの」

鹿山は己の細い顎《あご》に手をあて、思案げな顔をする。

「なんか変かな」

「変って言うなら、全部が変だが。つまり市ノ瀬桜は、その時点では成仏《じょうぶつ》するルート一直線のはずだったんだな……?」

「うん。そうだったんだろうね」

「トラブルが起きた」

またうなずく私。

さすが鹿山。性格は悪くても、もともと頭の回転は良い奴であった。

本当に予期せぬ出来事、トラブルというものは、重なるものだ。テレビを買い換えたところでエアコンが壊れるとか。終バス逃してパンプスの踵が折れるとか。

あの夜。

私がお迎えの光に導かれるまま、ヘタクソな犬かきもどきで病室を出たその隣では、ちょうど急変したらしい患者さんの処置に大わらわだったのだ。

腐っても救急対応もしている総合病院。いろいろな人や容態の患者さんがいる。

いかにも着の身着のままといった感じの中年夫婦が、スタッフや機材でいっぱいの個室へ入っていった。

『――ご家族の方が到着されました』

『――先生、娘の容態は――』

宙に浮いた私の姿は、もちろん誰にも見とがめられなかったけれど、雰囲気が気まずいのには変わりない。だから、一刻も早くその場を立ち去ろうとしたのだ。

なのに。

『――だめ。行かないで――さくら！』

さくら。

行っちゃ駄目って。

お母さんっぽい人の、悲痛な声がした。

「――で、目が覚めたらこの体でね、酸素マスク付けたまま知らないおじさんおばさんに抱きしめられていたわけよ」

「円城のご両親だろ……」

「そうだけど、その時はわかるわけないいじゃない」

入りこんでしまった女の子の名前が、偶然私と同じ『さくら』だったなんて、大した運命のいたずらだ。おかげで私は成仏のタイミングを逃して、今ここにいる。

（本当に大変だったんだよ）

鹿山には軽く言ってしまったが、私がこの場にたどりつくまでの紆余《うよ》曲折と試行錯誤《さくご》は、相当なものだったと思う。

まず自分の体が自分でないことに驚き、隣の病室にあったはずの自分の体が、とっくに亡くなって搬出《はんしゅつ》されたことを知って二度驚き。

最初はかなり混乱したものだから、周りに心配されるわ精密検査を受けさせられそうになるわで、入院生活も終わりが見えないぐらいだった。

今はもう、自分は咲良じゃないと言い張ったところで状況は変わらないし、故郷で葬式《そうしき》もあげたという自分の体も蘇《よみがえ》らない、それどころか取り憑《つ》いた『円城咲良』ちゃんの評判が落ちるだけだと知って、その手の主張はいっさい引っ込めている。退院できたのも、たぶんそのおかげだ。

細かい反応の違いや、記憶の齟齬《そご》などは、全部頭を打った後遺症ということでごまかしてきたけれど、これから始まろうとしているのは、咲良の学校生活。

さすがに他人の私がやり通すには無理が出てくるというか、関わる人間の数も、こなす課題も段違いに多くなるのは目に見えていた。

いつ破綻《はたん》するかと冷や冷やしていた時に、咲良の学校の担任教師の名前が、どこかで見たことあるぞと気づいた私の気持ち、わかる？

もう完全に藁《わら》。おぼれる者がすがる藁。

その藁が言った。

「……確かに事故に遭った状況の話は、俺が通夜で聞いたものとほぼ一緒だが……」

「でしょう？」

「でも……魂だけがそんな風に乗り移るって……」

「結果的に、あなたの大事な教え子の体を乗っ取ることになっちゃったのは、謝る。ほんとごめんなさい。でも、私もどうしたらこの体を返せるのか、わからないのよ。いろいろ試してはいるんだけど。鹿山も協力してくれない？」

ちょっとした偶然の手違いで、体を乗っ取られてしまった彼女の人生に、罪はない。私は引き続き成仏を目指さなきゃいけないのだろうし、この体に入っている以上は、咲良の名誉に傷がつくようなことがあってはいけないのだ。

無傷でやり通そうとしたら、私の力だけじゃとても無理。だからあなたの助けが必要なのだ、鹿山守。市ノ瀬桜と円城咲良、両方を知っているあなたに協力してもらいたいの。

鹿山の顔は、ここまで言ってもまだ不審げ。思いっきり迷ってる感じ。

「……仕方ないわね。できればこの手は使いたくなかったんだけど……」

私は覚悟を決めた。

「なんだ？」

「時は西暦二〇〇×年、秋。県立福陽《ふくよう》高校は文化祭の真っ最中であった。孤高の帰宅部を誇り、学園イベントなんてくだらねーとそっぽを向いていた鹿山少年。だが、私は見たのだ。誰もいない屋上で、聞こえてくる軽音楽部の演奏に合わせてエアギターに興じる姿を」

「な」

「セットリストはBUMP《バンプ》 OF《オブ》 CHICKEN《チキン》メドレー。終盤『天体観測』にさしかかった時、あなたのテンションも最高潮。全身でリズムを取り、ノリノリで架空のギターをかき鳴らすあなたは完全に藤原基央《ふじわらもとお》だった。上履《ば》きのまま縦横無尽に駆け回り、最後は見えない観客に向かってピックまで投げてた」

「やめろ――っ！」

これがまた、馬鹿がつくほど大きな声だったものだから、廊下の外まで声が響いてしまった。

やばいと思った時には、もう遅い。同じフロアにいた生徒――恐らくはパート練習中の吹部の子たちが、楽器片手に集まってきて、ドアの小窓を覗《のぞ》きこもうとするから、私は両手で顔を覆《おお》った。

「ごめんなさい。私が悪かったです。反省してます……」

「……ま、まあいい。もう二度とするんじゃないぞ」

「はい。わかりました」

生徒指導をくらう生徒と教師の図に満足して、野次馬はほどけて散った。

そして私は、あらためて嘘泣きをしていた顔を上げる。

鹿山は、恐れおののきながら私を見ていた。

「……見てたのか」

「うん。見てた」

「あれを」

「あれを」

悪いけどばっちり。

「ほんと、あんな痛い……ううん繊細な奴だったのに、ずいぶん立派な先生になってびっくりしたわけよ。良かったね鹿山。がんばったんだ」

あの頃から十年。

今の私を知らぬ存ぜぬと言うなら、さらなる黒歴史を解放する用意もある。

「……お前みたいのが中に入ってたら、円城が破滅する……」

「だから協力してほしいって言ってるの」

鹿山先生のため息は、たぶん同意のため息だった。

協力者、一人ゲット。

＊＊＊

現在私が帰るべき家――つまり円城咲良の自宅へは、千代田区《ちよだ》の高校から地下鉄で二十分ほどかかる。

最寄り駅はJRと私鉄も乗り入れる東京メトロで、二路線使用可能。周辺環境、すこぶる良好。不動産特集では毎回上位に上がる人気地区で、ちょうど私の会社の最寄り駅でもあった。

家賃相場が高くて駅近なんてとても無理だった場所の、それでもあるところにはある庭付き一戸建てなんてどんな人種が住んでいるんだよと思っていたのに、今回はからずも一例を知ることになってしまったわけである。

（電車じゃ歩くのが大変だろうから、往復タクシー使いなさいねって、豪勢だよね）

せめて駅までならともかく。

高校の正門から、文字通り一歩も歩かず家の前に到着した私。

支払いのためにぽんと渡された、アメックスの家族カードをしみじみと見てしまう。

こちとらクレジットカードなんて、大学の卒業旅行のためにむりやり作ったしょぼい学生カードが初である。

有名ハウスメーカーの注文住宅は、私が生まれた年に、おじいちゃんから土地を相続して建てたものらしい。もちろん中の人の私じゃなくて、咲良ちゃんのおじいちゃんの方ね。芝生の庭は青々として、花壇には家人が趣味で育てた四季咲きのオールドローズが咲き乱れていた。

リビングのカーテンの向こうに、お茶が終わった後とおぼしきテーブルが見える。

(生徒さんは帰った後かな)

私は目星をつけながら、玄関のドアを開けた。

玄関ホールは、大きな二階までの吹き抜け。高いところに取り付けられた木製のシーリングファンが、ゆっくりと空調のきいた空間をかき回している。

入ってすぐ正面の壁に飾られた額装のキルトは、朝出た時とはまた違う図案に変わっていた。

「ただいま」

私は小さく口にした。

なかなか返事がない中で靴を脱いでいると、奥の方から人が出てきた。

「咲良、帰ってたのね」

年の頃なら四十過ぎぐらいの、ほっそりした可愛らしい女性だ。

品のいいサマーニットのアンサンブルを着て、栗色に染めた髪を綺麗に巻いて、上品な雰囲気は咲良ちゃんによく似ていた。

あの日、私を地上に呼び戻してくれた人は、きちんとすればこんなに決まる人なのだと知った。

「……おかあ……じゃない。ママ、ただいま」

「大丈夫だった？」

「別に普通、だと思う」

「そう、良かった」

この人の名前は、咲良ママこと咲子《さきこ》さん。

「もうみんな……」

「お帰りになったわ。大丈夫よ」

大変だな。お疲れ様です。

咲子さんは、産後の趣味が高じて始めたハワイアンキルトの教室が大人気だそうで、平日のリビングはマダムが集《つど》うサロンと化しているのだ。今度駅前で、ＯＬ向けの講座をやらないかという話もあるとか。景気がいいって素晴らしい。

だというのに、咲子さんの柳眉《りゅうび》は、もの悲しげに下がる。

「……ごめんね、咲良。本当は行き帰りも、付き添ってあげるべきなんだろうけど……」

ああもう、そんなこと気にしてるの。

「途中でお教室辞めたら、ママの生徒さん困るよ」

「でも咲良だって大変でしょう」

「私は大丈夫」

そうタクシーだけでもう十分。

すると咲子さんは、その場でぱちぱちと目をしばたたかせた。

「……咲良は明るくなったわ」

そ、そう？

「こういうのも、怪我の功名っていうのかしら。神様の御利益なの？　無理してはしゃいでいるってことは、ないわよね」

ええ、はしゃいでいる？　これで？

これでもだいぶ抑えてるつもりなんだけど。まだテンション下げた方がいいのか。

「……私、変かな？」

「とんでもない。違うわ、そういう意味で言ったんじゃないの。悪い方には、取らないでちょうだいね。咲良」

慌ててフォローしてくれるから、申し訳なくなるぐらいだった。

「もうじきお夕飯だから、着替えてらっしゃい」

「……わかった」

そんな咲子さんに見送られるまま、私は仏頂面をキープして二階へ向かった。

他人のご家庭って、その家ごとに普通が違うから難しい。

セレブで教室経営なお母さんと、一流商社勤務のお父さん。そして、一人娘の咲良。この三人でこの家は構成されていて、ただし親子の会話は、かなり淡泊だった模様。

私も見越してやっているつもりなんだけど、これがなかなか加減が難しいのだ。

（この腫《は》れ物みたいな扱いが、怪我してるからなのか元からなのか、よくわからないんだよね）

今のところ親の方は、生死の境をさまよったあげく言動も怪しい娘のことは、取り扱い注意の爆発物なみの慎重さで接しているようだ。生きているだけでもういいと感じているふしすらある。

へたに喋らないですむのは、ありがたいんだけどね。そのぶんボロも出ないから。

でも、それに甘えていたらいつまでたっても単なる無口な人で、咲良らしさは足りないままということになる。私の憑依《ひょうい》現象が長期化している今、こちらの課題も早急になんとかしないといけないわけで……。

（そして肝心《かんじん》のキャラをつかみたくても、その材料が足りないっていうね……）

私は、階段を上って、突き当たりのドアを開けた。

この家で一番日当たりのいい洋室が、咲良ちゃんの部屋だ。

真っ白い壁紙に無垢《むく》の家具、そしてベッドの上に置かれた猫のぬいぐるみが、私のことを出迎えた。

私は怪我をした左手に負担をかけないよう、やや苦労しながら制服を脱いで、クローゼットに入っていた白い綿ブラウスと、たっぷりとした黒いリネンのスカートに着替えた。

鏡に自分を映して、思う。なんだか着替えても制服みたいだなと。

基本的に咲良のワードローブは黒！　白！　紺！　にたまに茶が交じる程度で、スカートはみんな膝以下。デニムやパンツが一本もない。

制服のスカート以外はほぼパンツオンリーだった己の高校時代と比べると、なんという か世界が違いすぎる。

とりあえず休日、動きやすい格好で自転車をこいだり、歩き回ったりするアクティビティは好まなかったということなのだろう。

それは別に問題ない。このへん娯楽なんていっぱいあるわけだし。

でもかわりに行くのがライブなら、推《お》しのバンドが何か知りたいし、映画を観るなら好みのジャンルを知りたい。もっと言うなら他のこと、好きな教科に嫌いな教科、仲のいい友達、憧れの先輩、外せないおでんの具、なんでもいいから彼女の人となりがわかるものが知りたいわけよ。

なのにこの部屋、小綺麗すぎて写真やポスターの一枚も発掘できやしない。

本当なのよ。相当きわどいところまで探したんだけどね。ごめんね、咲良ちゃん。

もしかして、一階の親御さんに干渉されるのが嫌で、その手の証拠は残さないようにしていたのかもしれないけど……思春期だしね……。

「……なんだかなあ」

私はため息まじりに、勉強机の椅子に腰をおろした。

座った状態で、ブックエンドに挟まれた参考書やノートの頭を、指でなぞる。

勉強は、よくしていたみたい。残っているノートは、どれも丁寧な字で板書を写してあった。

こうやって彼女の残したノートの字を見ていると、妙に懐かしいというか、どこかで見たような既視感にもとらわれてしまうのだけれど、きっと私も同じことを勉強してきたからなんだろう。中に書いてある内容は、理解の深度はともかく、全部一度は習ったことだった。

私はノートを戻すと、かわりに右の一番上の引き出しを開けた。

こちらに入っているのは、液晶が割れて陥没したスマートフォンだ。これも咲良の持ち物だった。

（やっぱり勉強以外のプライベートは、いっさいがっさいここに入れてたってことかな……）

ちょうど夏休み最終日の午後九時過ぎ、円城咲良は通っている大手塾から帰る途中、歩道橋の階段から足を滑らせ、頭から血を流しているところを発見された。

近くには、この割れたスマホも落ちていたという。

事故の現場は、生前の私も知っている場所だった。元のワンルームマンションからも、それほど離れていない。大きめの緑地公園と区役所を繋《つな》ぐ、かなり古くて急な階段の歩道橋。

退院してから、この体から出ていくヒントがあるかもと思って、何度か足も運んでみた。結果はご覧の通りの空振りだったけど、あのあたり、上に高速も通っていて、夜になると人通りも絶える。偶然ジョギング中の人が通りかからなかったら、発見ももっと遅くなっていただろうという話は本当だと思う。

デジタルの怖いところだ。せめて中のデータがサルベージできれば良かったんだけど、破損が激しくて無理だった。

ああ、スマホよスマホ。君さえ生き残っていてくれれば！

咲良の日記も写真もお気に入りの音楽も友達の約束が入ったグループラインも、全部みんなこの中か。私じゃパスワードもわからないのに。

彼女の体に入ってしまってから、もう何度思ったかわからない残念ポイントの話。

ただ退院して学校に通いだしてから、私は薄々考えていることがあるのだ。

これはたぶん、思い込みじゃないはず。

（……なんていうか……咲良って、友達いなかった……？）

こうやって包帯巻いて復帰した私を、クラスの女の子たちは、「大丈夫？　円城さん」と心配して迎えてくれた。ただそれは、怪我人や妊婦さんを優先席に案内するような配慮であって、親しい友達へのそれではないような……気がするんだよね。お客さん扱いというか。野郎の方は、もっと遠巻きだし。けっこう可愛い顔しているんだけどね、咲良。

しばらく待ってみれば、もっと具体的な——それこそ「ラインがずっと未読なんだけどどうしたの？」なんて、個人的に話しかけてくる子が出てくると思ったのに。そうしたら私も「スマホ壊れちゃったんだよー。データもパーだから助けて！」なんて言って、カジュアルに交友関係を把握《はあく》し直す計画だったのに。

……いないんだよこれが。出てこないんだよ一人も。

生活感のない、モデルルームみたいな部屋に暮らして。クローゼットの中も制服みたいで。それでもせめてスマホの中には、円城咲良という子の日常の息づかいが、カラフルにぎゅっと圧縮して詰まっていると思っていた。

でも、その中身も実は空っぽだったとしたら――。

急に背中を冷たい風が吹き抜けた気がして、私はまだ九月だというのに身を震わせたのだった。

＊＊＊

もしかしたら、暴いちゃいけない闇《やみ》的なものなのかもしれないけれど。

「――円城咲良がどんな子だったかって？」

翌日の昼休み。

私はお昼を食べ終えると、例の社会科準備室を訪ねた。

ちょうど私の目の前では、今まさにデスクで出前のラーメンのラップを剝《は》がそうとしている鹿山守がいる。

やっぱり知らないままでいるのも、まずい気がするんだよね。

「それは――」

「あ、別に食べながらでいいから。ラーメン伸びたらまずいし」

「お、おう」

「今からご飯タイム？　やっぱり教師って忙しいんだね」

なんだか急に、前の職場の近くにあった、おいしいラーメン屋さんのことを思い出してしまった。昼も夜もお世話になったものである。タンメンが絶品だった。

「……そっちはもう食べたのか」

「うん、教室でお弁当食べ済み。半田《はんだ》さんのとこのグループに交じってきた」

「半田か。あいつは面倒見がいいからな」

「そう。すっごい良い子」

大して仲いいわけでもない子でも、まとめて面倒見てくれるからね。

おかげでクラスの女子の三分の一ぐらいが、一カ所に固まってお弁当を広げている感じだ。これは皮肉に聞こえてしまうだろうか。

鹿山はすすっている麺《めん》の切れ目に、長い息を吐いた。

「俺も円城については、そんなに詳しく知ってる方じゃない。真面目な生徒だよ。高校から新京学園《うち》に入ってきて、事故に遭うまで遅刻も欠席もなし、成績も優秀」

「仲いい子とかは?」

「半田あたりはそうなんじゃないか」

あ、だめだこれは。

「つまりポツン気味だったってことか——……」

「市ノ瀬」

鹿山は、半眼でこちらを見やる。

「俺はな、高校生にもなって、昼休みに誰と飯を食うかとか、どう過ごすかとかで人の価値を決めるのはクソだと思っている」

「いや、それはそうなんだけどね」

「やるべきことをやってりゃ、あとは個人の裁量でいいだろ。外野がどうこう言うのは、心の底から余計なお世話だ。箱に詰まった食料にそこまでの値打ちがあってたまるか」

そう言ってまた、麺をずるずるとすする作業に戻るのだ。何か個人的に、思うところがあるみたいだった。

　そりゃ鹿山の言うことも、ごもっともだけれど。こちらもそうは言っていられない、事情というものがあるのだよ。わからないかなあ。

「単に一人が好きってこともある。絵がうまくて独特のセンスがあった」

「え、何それ。初耳かも」

　私は食い気味に尋《たず》ねた。

　だって咲良が絵を描くだなんてそんな情報、今まで一度も聞いたことがない。

「聞きたい聞きたい。そういうネタは大歓迎。詳しく教えて先生」

「いや、大した話じゃないぞ」

「いいから。美術部に入ってた？　違うよね、だったらさすがに気づくと思うし」

「うちの学校は、何年も前から美術部がないからな」

　そんな新京学園で鹿山が見たのは、去年の文化祭の展示だったという。

「展示？」

「そう。美術の授業で成績が良かったやつが、美術室に展示してあったんだ。美術科の先生の作品と一緒に」

　ともかく生徒作品の中では、群を抜いて目を引いたのが、円城咲良の絵だったそうだ。

確かこの学校の美術室……校舎の端の、一番上とかだった気が。

「……わざわざ専門外の美術室まで、見に行ったりするんだ、鹿山先生」

「講師の波賀《はが》先生には、世話になってたからな」

「へえ、お世話に」

「義理とか借りとかあるんだよ。展示の仕方も勉強になるし……なんだよ、それぐらいのつきあい、働いてたらいくらでもあるだろ」

「別に悪いなんて一言も言ってないけど」

「波賀先生は、画家としちゃ相当な腕なんだぞ。個展だって開けるレベルだ」

なんで勝手に怒るんだろうね。カルシウムが足りなさすぎるんじゃないだろうか。

「ともかくどんな絵だったの？　先生じゃなくて咲良の描いた絵って」

「そうだな……ちょっと幻想が入った感じの、抽象画だ。テクニックがどうっていうよりは、雰囲気が良かった。ちょっとぞくっとするような空気があって引き込まれる」

「怖い絵なの？　血ぃ出てる的な」

「そこで即スプラッタを想像するお前が残念すぎてならないな」

すみませんでしたね。

「波賀先生に、いい絵だって伝えたら、ちょうど当人が展示の手伝いに来ててな。流れで少し喋ったんだが、まあ、なんというか当人の回答も独特だった」

「なんて?」

「描いてあるモチーフの意味を聞いてみたら、自分でも知らないって言うんだ。単に小さい頃からよく見る夢があって、それをそのまま描いてるだけだって」

私は、今の姿の自分が、それを言っている場面を想像してみた。

——あ、駄目。中二。完全に中二。

思春期のガールの心はうつろいやすく夢見がちで、アーティストの感性など月の裏側までカッ飛んでいないと務まらないだろう。だからこれぐらい普通普通普通。

この先会得《えとく》して真似しないといけないのだから、電波とか不思議ちゃんとか言っていたらいけないのだ。ちょっと目眩《めまい》はしたけれど。

「OK。把握だけはしたわ」

「あれを聞いて俺は、なんというか……良くも悪くも自分の世界がある奴だと思ったんだ。それを形にして表せるのは、普通に才能だろう」

「なるほどね……」

先生というものは、なんにしろ生徒の可能性を見いだす職であると知った。

「考えてみたら、円城と個人的に喋ったのは、あれが最初で最後みたいなものだったのか。

せっかく四月になって担任になったんだから、もう少し話す機会もあると思ってたんだがな。どうも俺は、円城に敬遠されてたみたいでな」

「それはやっぱり、勢いであんな変なこと言っちゃって恥ずかしいーとか気まずいーとか、思うところはあったんじゃないの？　イケメン先生の鹿山君」

「いや、どっちかっていうとあれは……」

「あれは？」

「――なんでもない。ともかくそういうわけで、俺から提供できるネタは少ない。悪いな、市ノ瀬」

最後鹿山は視線を逸《そ》らして、曖昧《あいまい》に言葉を濁《にご》してしまった。なんなのだ。

私はあらためて、奴が言ったことを考えてみる。

どんな感じだったのだろう。独特で、ちょっとぞくっとするぐらいで、咲良の見た夢を描いたという絵。

何か私の、今後の指針が詰まっている気がする。

「……見てみたかったな。その中二アート」

「中二ってお前な……見ようと思えば見られるんじゃないか？」

「え、本当？」

鹿山は、わりとあっさりうなずいた。

「言っておくがな、本当にレベルは高かったんだぞ。波賀先生も、授業の見本にするとか言っていた気がする。お前が見たかぎり、それらしい絵が家の中に見つからないなら、なおさら学校側で保管されてる可能性が高いんじゃないか」

「うわ、そうか……そうかも」

「波賀先生にあたってみるといい」

なんだか光が見えてきたと言うと、言いすぎだろうか。

「ありがとう、鹿山。ほんと助かる」

そうと決まったら、早く行かないと。

「美術の先生なら、美術室にいるよねたぶん。ちょっと行ってくる――」

「おい待て、今からか」

鹿山が後ろからストップをかけた。

奴はわざわざその場で白衣の袖《そで》をめくって、腕の時計をこちらに見せた。けっこういい時計使ってる。文字盤の針は、予鈴まで残り一分。

そして出前のラーメンの方も……さすがの早食い。気がつけば完食だった。

「わかった、今はやめとく。放課後に回して教室戻るわ」

「その方がいい。遅刻はするなよ」

私はあらためて準備室を出ようとして——ふと思い出して聞いてみた。

「そういえばさ、鹿山」

「なんだ?」

「鹿山も高校の時は、一人が好きな奴だったよね」

これだってたぶん、私の思い込みじゃなかったはず。

「それがどうした」

「——私は友達じゃなかった?」

返事がすぐに来なかったのは、間に予鈴のチャイムが挟まったからだろうか。

鹿山はこちらを睨《にら》んだまま、低い声で言った。

「……馬鹿なこと言ってないで、とっとと次の授業の予習でもしてろよ」

「はあい」

「円城が赤点になったら承知しないぞ」

彼はあくまで、本体の教え子のことを気にしていた。まあ、当然なんだけどさ。

＊＊＊

私が鹿山守という人間を認識したのは、前にも言ったように高校の頃だ。

ファーストインプレッションは――『なんだこいつ人間じゃない』だった。こう考えると、まだぜんぜんヒト扱いしていなかったとも言う。

でも仕方ないじゃない。

こっちが汗をだらだら流しながら、楽器の自主練をしていたらよ。

「おいあんた。あんただよ。いい加減にしろよヘタクソ！」

なんて感じにいきなり罵《のの》しられたんだから。

当時高校一年生だった私は、校舎裏の木陰で、トランペットを吹いていた。ちょうど目と鼻の先にある一階の窓からは、男子生徒が顔を出していた。

県立福陽高校の夏服を着て、夏だというのに女子よりずっと色白で生っちょろくて、この世の不満を集めて煮詰めたみたいに陰気な顔つきをした奴だった。

（何こいつ）

女子のセーラー服と対になる、開襟《かいきん》シャツの胸ポケットから覗く生徒手帳のカバーは、当時の私と同じ一年のカラー。

私は銀色のマウスピースから、唇を離す。

「……なんか言った？」

「図書室は静かに。常識だろ」

「は？　ここ、図書室じゃないし。外だし。表だし」

「だからってそんなとこで、ゴミな騒音まき散らすなよ。うまいと思ってんの？」

――はっきり言って、傷ついたわ。

そりゃあね、こちらは高校に入って、初めて楽器を始めた人間だったわよ。勧誘のポスターには未経験ＯＫなんて書いてあっても、実際には小中学校からの経験者の方がずっとずっと多かったわよ。

でもね、だからこそね、せめて周りの足引っ張らないように、ちょっとでもみんなに追いつくようにって、こうやって練習していたわけじゃない。それをそんな風にさあ――。

「うるさいなら窓閉めたら？」

「クーラー壊れてんだよ！」

知らんがな。

時は梅雨《つゆ》の合間で、かなり蒸し暑い日だった。

私のへぼい楽器の音と同じぐらいに、セミの鳴き声も奴のキレ声もうるさかった。

なんていうかまあ、どっちも暑くてイライラしていたんだと思う。

「耳にバナナでも詰めて栓したら？」

「ああいいかもな。ナイスアイデア、大感謝」

それ以来、鹿山守は本当にどこぞから耳栓を調達してきて、嫌みったらしく窓際で読書を始めた。色がバナナカラーの黄色だったから、なおさら感じが悪かった。

私は私で半ば意地になって、テコでもその練習場所から動こうとしないで、へっぽこな自主練を続けてやった。

それでも一学期が終わって、夏休みも部活で通い続けて、九月もそろそろ終わりで涼しくなりだした頃。

私はふと気がついたのだ。

「……そういやあんた、耳栓どうしたの」

冷房が壊れた、一階の図書室。窓際に並ぶ背の低い書棚をベンチ代わりに、文庫本を読み倒す。雨の日も風の日も、基本ソロプレイ。それが奴の定番スタイルだった。

なのにいつの間にか、黄色い耳栓をしなくなっていた。

いつからだったか、私はいまだによく思い出せない。

　鹿山は窓の外から投げたこちらの質問に対し、まずそっぽを向いた。ついでに手持ちの文庫本を、団扇《うちわ》代わりにぱたぱたと扇《あお》がせながら一言。

「……なんか面倒になった」

「ああ、そう」

「あとは……別に聞けない音じゃなくなってきたし」

　――それは。この何カ月かの私の努力を、ちょっとは認めてくれたということではないだろうか。

　私は嬉《うれ》しくなって、鹿山がいる窓辺に取りついた。

「ねえ。いつもなんか読んでるけど、何読んでるの？」

「は？」

「面白いんだよね？」

　我が戦友のトランペットを先に書棚の方に置くと、プールから上がる要領で、上半身を窓枠まで引き上げる。そのままよいしょと、中へ上がり込んだ。

　同じ書棚の上に、私と鹿山の目線が並んだ。

　初めて。

「お前――」

「なになに、ドグ……マ？　えっ、ちょっと表紙やばくない？　変態？」

「違うわ！」

——その時読んでいた本は、あとあと頼み込んで貸してもらったことがある。

別にやばい本というわけでもなかったけど、何が面白いかもさっぱり意味不明だった。名作らしいんだけどね、夢野久作《ゆめのきゅうさく》先生の『ドグラ・マグラ』。


そして、円城咲良に取り憑いてしまった、現在の私の話に戻ろうと思う。

ホームルームと午後の授業を全部終えると、私は満を持《じ》して美術室へ向かった。

（……美術の授業って、まだ受けたことないんだよね、実は）

登校初日にもあったはずなのだけど、あの日は体調不良のふりをして、半日保健室にいた。おかげで先生の顔すら知らないのだった。

咲良の絵のセンスがずば抜けていたというなら、私の今後の課題の取り組み方も、考えないといけないとは思う。でも今は、咲良が描いたものを見たい気持ちでいっぱいだった。

問題の美術室は、特別棟の最上階、音楽室とフロアを分け合う形で並んでいた。

音楽室の方から聞こえてくる、懐かしい楽器の音出しに体は反応するけれど、今日行くのはそちらではない。美術室の方の扉を開けた。

「失礼します――」

かすかに私の鼻をついたのは、不思議なシンナー臭。

大きめの窓から、さんさんと明かりが差し込んで、向かいはビルだがかなり明るい空間だ。

（へえ、こんな風になってるんだ）

手前の壁には、生徒が模写したらしい、有名絵画の油絵が大小サイズを問わず並んでいる。腰までの棚の上には、デッサン用の石膏像《せっこう》。端に絵の具を洗う用の水道が付いているところも含めて、私が思う『美術室』のイメージと、さほど変わらない感じだ。

そのまま前方の黒板、後ろの壁と視線を向けた私は、ぽかんと口を開けた。

（すご。芸術が……爆発してる）

教室の後ろでは、私の背丈ぐらいある大作が、今まさに描き途中といった感じで置いてあったのだ。

思わず近くに寄って、まじまじと見てしまう。

油絵。たぶん油絵で合っている。

まだぜんぜん未完成の、塗り途中の絵なのだろうけれど、それでも綺麗だ。描いてあるものはなんだろう。人物の……後ろ姿だろうか。だいぶぼかした感じの、写実的とは正反対のタッチ。でもこれからもっともっと手は入るだろうし、完成したらすごいのではないだろうか。

アートだー、アートだわーなんて呟《つぶや》いていたら、カシャン！　と何かが落ちる音がした。

「……円城、さん？」

キャンバスの真横にあるドアが開いていて、そこから出てきた美女が私を見て驚いている。

絵の具のチューブが入った小さなケースが、美女の足下に落ちて中身が散乱していた。いやでも本当に、美女なのよ美女。美しい女の人なのよ。

年は二十代半ば――いいや、肌は綺麗でも、もう少し上だろうか。元の私と同年代、あるいはやや上と見た。

ナチュラルな黒髪をすっきり結い上げて、バレリーナみたいに首が細くて色白で。丈の長いすとんとしたブラックワンピースの上から、作業用のエプロンを身に着けている。

モノトーンの天然素材が浮かないように、メイクは控えめ。でも口紅のラインだけはしっかり取っていて、なんというかこのジャンルとしてはパーフェクトではなかろうかと思う美女具合。

「波賀先生……？」

「円城さん。どうしたの？」

うわ。講師の波賀先生って、男じゃなくて女性だったんだ。てっきりもっさりしたヒゲのおっさんだと思ってたのに！

しかもこんなに綺麗な女の人ってあなた。

「……えっと、私……」

「怪我の方はもう平気？」

波賀先生が、落とした絵の具を拾い集めるのもそこそこに、私のところにやってきた。

一歩間違えると噴き出しそうになるのを堪《こら》えるため、私は口元をおさえてうつむいた。それを泣いているとでも勘違いしたのか、波賀先生は、心配そうに私の肩に手を置く。

「大丈夫？　少し休む？」

「……大丈夫です……ちょっと目眩がしただけで……」

私は一生懸命、首を横に振った。静まれ笑い。流すな涙。それにしたってこのオチは……面白すぎる。

鹿山お前、こんな美女のところに足繁《しげ》く通っていたって、そういうことか。そういうことか！

「あの……絵、すごいですね」

私は息を整えながら、とりあえず思いついたことを伝えた。

「先生の絵。新作ってことでいいんですよね」

波賀先生は、またも不意を突かれた感じで止まって、でもすぐに苦笑した。

「……そうね、おかげさまで。教材扱いだけど」

教材。なんだかもったいないと思ってしまう。普通に売れそうというか、美術館にあってもおかしくない絵になりそうなのに。

「これは女の人の……後ろ姿の絵？」

「そう思うなら、そうなんだと思うわ」

「え、違うんですか」

「前にも言わなかった？　描いたものを、後から無理に説明しようと思わなくていいって」

波賀先生は、描き途中のキャンバスを前に目を細めた。

「こうやってね、絵の中にだけは、嘘をつかずに『秘密』を混ぜこめるの。それは描き手にだけ与えられた特権よ。そのエッセンスが、作品を作品たらしめると言っていい。言葉にしたら消えてしまうから、私たちは安心して秘密に向き合えるとも言う」

どういう意味だろう。本当に楚々《そそ》として華奢《きゃしゃ》な感じなのに、これだけのサイズの作品を生み出してしまえる人は、言うことが違う。

高校時代の吹部の顧問が、よく楽譜にこめられた意図を正しく理解して受け取りなさいと言っていたけれど、あれとはまた違う感じなのだろうか。

どうやっても描き手ではない私は、見栄《みえ》をはっても意味がないと悟り、早々に理解を諦《あきら》めた。

「この絵、文化祭には展示するんですか」

「それはなんとも。間に合えば」

「わからないんですか」

「わからないわ」

先生らしからぬ無責任な台詞《せりふ》に、私まで笑いそうになった。

「それで、本当にどうしたの？　絵を見に来ただけっていうなら、私も嬉しいけど」

そうそう、忘れていた。

私は先生に言った。

「実は……お願いがあって来たんです。去年の文化祭に展示した絵って、まだここにありますか？」

「どの絵のこと？」

「私のです。夢を描いた」

波賀先生は、何度かまばたきをする。

「……ああ……あれね。もちろん、ちゃんと保管しているわよ。大丈夫」

やっぱり。私はそのまま頼みこんだ。

「出してもらうことって、できますか？」

「できるけど。どうするの？」

「見てみたいんです。見るだけでいいんで」

私の少々……いや、だいぶ強引なお願いに、波賀先生は快《こころよ》く応じてくれた。

「わかったわ。そこに座って待っていて」

そう言って、今さっき自分が出てきたドアの中へ、引っ込んでいく。

恐らく、中は倉庫か準備室か何かなのだろう。

私は先生が出てくるのを待つため、言われた通り手近な椅子を引いて、腰掛けた。

ああ、それにしても美人だわ波賀先生。これは思う存分鹿山をからかえる。

「はい、これでしょう」

その波賀先生が戻ってきて、私に目的の物を見せてくれた。

それは保護用のトレーシングペーパーをかけられた、Ａ３ぐらいの厚紙——たぶんイラストボードとか呼ばれるたぐいのもの、だと思う。裏には円城咲良のネームが貼ってあって、表に絵がある。

先生からボードを受け取って、その場でペーパーをめくった私は、軽く横っ面をはたかれた気分になった。

これは——強烈《きょうれつ》だ。

下地が透けない濃いめの絵の具を、丁寧に丹念に塗り重ねてある。一瞬先生が描いたものと同じ、油絵かなと迷ったけれど、授業で描いたというなら、画材はアクリル絵の具かもしれない。

本当に不思議な絵だった。

ベースは微妙に色合いを変えながらも、海の底のように深くて綺麗な青。

底の方から泡が発生して浮かび上がるかのように、いくつもの丸い光が上昇していく。

その光によって、中に潜《ひそ》んでいるモノが、断片的にこちら側へ示されている構図だ。

誰のものかもわからない、何かをつかもうと伸びる人間の手のひらとか。

唇だけの透明人間とか。

赤い尾の魚や蜘蛛《くも》、植物の蔓《つる》なども描いてある。これは先に挙げたモチーフの描き込みに比べて、妙にのっぺりと平面的な描き方で、その落差がなおさら不安な気分にさせてくれる。

綺麗でいびつで、でも目を逸らせられない不可思議な幻想。一度見たら忘れられない。おとなしいという女の子が、黙ってこの絵を描いてきたというなら、内側にあるのはきっと強烈な個性だ。鹿山がこの絵を見て、咲良を見る目を変えたのもわかる。

私もちょっとわかった気がする。咲良、やっぱりあなたは、空っぽな女の子なんかじゃなかった。

私はもう一度、その絵の裏側を確かめた。

名前の欄には、やっぱりノートと同じ丁寧な字で、『円城咲良』とあった。

タイトルは――『たべられる』?。


「持って帰ってもいいのよ」


波賀先生の静かな声に、私は我に返った。

先生は優しい微笑を浮かべて、絵に向き合う私を見下ろしている。

「その気になったのなら、あなたにとってもいいことだと思うの。これはあなたの作品なんだし」

私はリアクションを取りそこねる。

その気になる？

つまり咲良はこの絵を、あの家には置いておきたくないと思っていたということ？

だったら……。

「いいです。返します」

「いいの？」

「はい」

やっぱり今の私の勝手な判断で、これを動かすのは早急のような気がした。

「そう。それならまだ預かっておくわね」

知りたかったのは、絵そのもの。目的はもう果たした。十分以上だ。お腹《なか》いっぱいだ。

私から絵を受け取る波賀先生の左手には、小さく光るものが一つあった。

「……マリッジリングって」

「え？」

「やっぱり人の手につけると綺麗ですね。ショーケースの中だと地味に見えるのに」

思わず言ってしまい、私は照れながら目を細める。

いわゆる私の場合は、市ノ瀬桜の場合は、そこまでたどりつけなかった。その五歩ぐらい手前のところで、迷ったり立ち消えたりしていた。

波賀先生の微笑が、その瞬間困ったような、はにかんだものになった。少しだけ美術教師の下の、素が覗いた気がした。

「……ありがとう。まだ慣れないのよね」

「似合ってると思います」

これぐらいの台詞は、綺麗なものに憧れる女子高生としても、言って許されるのではないだろうか。

とても上等な、とろみのあるプラチナ。メレダイヤ入り。

最後に先生に挨拶《あいさつ》をして、美術室を出た。

私は階段をゆっくり下りながら、心の中でアーメンと十字を切る。

(波賀先生、入籍済み)

鹿山守よ、武士の情けだ。この件に関して、からかうのはやめてあげよう。

だからどうか、綺麗にふられていますように。泥沼っていませんように。元同級生としては、そんな念を飛ばしたくなるのである。

いやしくも今見た指輪のお値段などについて思いをはせつつ、階段を下りていく。

二階と一階をつなぐ踊り場のあたりまで下りてきたら、何か頭の上の方が妙に騒がしい。

「あと一周！」

「ファイト！」

なんて感じに声をそろえた、元気で体育会系な発声。それがどんどんこちらに近づいてくるなと思ったら、いきなり私のいる階段めがけて、いっせいに駆け下りてくるのである。

総勢十数名、トレーニングウエアの部活ガールたちが。

「しんがく！」

「ファイト！」

ふぁいとじゃないよ。

（ちょっと）

まるでナイアガラの滝か、ヌーの大移動だった。

とても避けようがない大集団に呑《の》まれそうになった私は、なんとか手すり側に寄ってやり過ごそうとした。

で、途中で思いきり肩をぶつけられた。

「痛！」

たまらず叫んで、よろけてバランスを崩した。なんとか踏ん張ったところに、追い打ちで第二弾が。

真面目に目の前に星が飛んだ。痛いって！

あ、危ないよ。もうちょっとで下まで転げ落ちるとこだった……。

「大げさすぎ」

ぷっと笑う声。

私が肩をおさえて声の方を見ると、ちょうどヌー集団の一番後ろの子たちが、立ち止まって私のことを見上げていた。

ショートカットと、ポニーテールちゃんの二人組。こんなところで部活のトレーニングに励《はげ》んでいることへの、謝罪はないようだ。もちろん突き落としかけたことに対してのコメントもなし。

紺地にピンクで、新京学園の校名が入るジャージは、たぶん……バドミントン部だったはず。

私、知ってる。この子たち、うちのクラスの子だ。

ほとんど話したことはないけれど、一緒に授業受けているはず。

「……そっちがぶつかったんだよね」

二人も。

反論したら、その二人は顔を見合わせる。

「え、ちゃんと避けたよね」

「だよね？　反応遅いの誰だって話」

あのね、君たち。こっちの包帯とサポーターが目に入らないの？　節穴なの？

怪我人に向かってその台詞はなんなのだと、内心むかっ腹をたてていたら、その子たちは、さらなる爆弾をぶん投げてきた。

「……ほんとに痛いの、その足」

は？　って。

耳を疑いたくなるとは、まさにこのこと。

「入院。ほんとは手首切ったからって話、マジ？」

ポニテとショートの彼女たちは、何がおかしいのか「ふはっ」といった感じで笑って、そのまま双子のようなシンメトリーのターンを決めて、後ろ向け後ろ。中断していた校内ランニングを、再開してしまった。

私としてはなんというか。ここまで来ると反応に苦しむ。

あの子たち、今さっき私になんて言った？

——ほんとに痛いの、その足。

——入院。ほんとは手首切ったからって話、マジ？

んん？

んんん？

2章 空気は読まない吸うものだ

落ち着いて考えてみようと思うんだ。

うん。焦るのはよくない。焦りはね、色んなものを見えなくするからね。

私、円城咲良《えんじょうさくら》の中の人と化している市ノ瀬桜《いちのせさくら》は、例によってタクシーで学校に来て、数学と世界史とリーディングの授業を受けた。

今日は朝から天気がぐずついていて、表はあいにくの雨模様。

現在の授業は、二クラス合同の体育。

男子の方は、格技場で柔道だそうだ。女子はグラウンドで陸上だったところを、体育館でバレーボールに変更となっていた。私はもちろん見学だ。

予定になかったバレーボールは、かなりゆるゆるの雰囲気で進行中。

「来たよ！」

「あ、わたしが――」

飛んできたサーブを、眼鏡の女の子がレシーブ――しそこねて、明後日の方向に弾き飛ばしてしまった。

(目ぇつぶっちゃってたらまずいでしょうー)

これでサーブした側の得点か。部活動ではない上、評価に関係しそうもない体育のバレーなんて、だいたいこんなものか。

監督していないといけないはずの体育教師まで、いつの間にかいなくなっているし。いいのかねこれ。

「ナイス、利香《りか》！」

「サービスエースじゃん！」

得点した側は、サーブした子をやんやと褒《ほ》め称《たた》えている。

「まぐれよまぐれ」

一度は言ってみたい台詞《せりふ》をさらっと口にして、新しくボールを受け取るサーバーの子。名前を柴倉《しばくら》利香さんといった。

流行《はやり》のアイドルメイクが映える、目の大きな可愛《かわい》らしい顔立ちの子だ。うちのクラスでは、リーダーというか目立つ生徒の一人ではないだろうか。

気になるのは、その柴倉さんとよくつるんでいる女子の中に、昨日のポニテとショートの子がいたりすることだ。今も同じチームに入っている。

(手首切ってるって、どこでどうなってそんな話になってるわけ？　彼女たちのグループの間でだけ？)

いくら咲良が身も蓋《ふた》もなく言えば不思議ちゃんだったとしても、事実誤認はされたくない。切ったのはおでこであって、左手の包帯は筋を痛めただけだ。足も立派に（？）歩行困難なのだから。

審判役の子がホイッスルを吹き、柴倉さんのサーブ。

経験者なのか、けっこうしっかりとしたオーバーハンドのサーブでボールを打った。でもちょっと勢いが強すぎて、わずかにライン越え。残念。

相手側の守備が動いていく。

「……何見てるの？」

その柴倉さんと私、目が合った。

透明コートのマスカラで、きっちり睫毛《まつげ》を持ち上げた黒目がちの目が、私を——『円城咲良』を見ている。

「見学だから」

しごく当たり前のことを、私は言った。

「は？」

柴倉さん、それに失笑、って感じで噴き出す。

「ねえ聞いたー？　サダコ円城、見学だから見てるんだってー」

彼女が振り返って喧伝《けんでん》すると、取り巻きのチームメイトが笑って反応した。

「うわ、やばすぎ」

「やばいよね。呪われそう」

「殺されるかも――なんて」

――何がおかしいのか、その場ではもうそれがおかしいことになってしまった感じだ。

私も反論したかったけど、それより前に審判の子が、たまりかねたみたいに笛を吹いた。

「ねえ、もういい？　始めるから」

この子は少々ぽちゃっとした感じの、体格のいい子。うちのクラスのもう一人のリーダー格、世話好き半田《はんだ》さんこと半田菜々子《ななこ》さんだった。

「はーい、どうぞ」

「菜々子サマだもんね」

最後の方の嫌みとトゲの行き先は、半田さんの方にも向かってしまった。

それでも彼女が空気を変えてくれなかったら、ずっと柴倉さんたちは笑っていたし、私は笑われていたかもしれない。サダコ円城。

なんというかこう――嫌な感じだった。

久しぶりに思い出した感触でもあった。

ハブとかいじりとか無視とか。

私が学校の教室という、えらく狭い空間に押し込められていた十数年間に、そういうのがなかったかと言ったら普通にあった。多かれ少なかれ必ずあった。

すぐ近くで起きていたこともあったし、巻き込まれて当事者になったこともあった。

特に吹奏楽部なんて、大所帯の女所帯だったから、もう誰も何も揉《も》めていない時期を探す方が難しいぐらいだった。言っちゃなんだが血を見たこともある。

でもやっぱり、いじめとかは嫌なもんで。

特に大勢でいじって笑うとか最悪。ああいうのほんと嫌い。

サダコか。サダコ円城か。

確かに円城咲良は、自分の世界を持っていたかもしれない。

大勢より一人の方が好き、の協調性に欠けるタイプだったかもしれない。

咲子《さきこ》さんの反応を見るかぎり、愛想《あいそ》だってある方とは言えないし、実際仲のいい子は、少ない感じだったかもしれない。

でも一部の女子から攻撃——もといいじめられているというのは、スルーしていいことなのでしょうかね。どうなんでしょうこれ。

「タクシーだって」

学校が終わって家に帰ろうとした時、私はまたもあのカンに障《さわ》る失笑を聞いた。

振り返ってみれば、やはり柴倉さんとその仲間たちだった。

私が反応したとわかるやいなや、制服姿の彼女たちは露骨に「見られた」といった感じに切り替えて、ニヤニヤ示し合わせて笑い出す。この流れもほぼ一緒。

「がんばってるよね、サダコ。特別扱い大好き」

「愛してるよね。そこまでやるかって感じ——」

「やめなよ聞こえるよサダコに」

悔しい。めちゃくちゃ悔しい。自分のことみたいに悔しい。

それでもやってきたタクシーには、乗り込まざるをえなくて。私は何も言い返せずに、笑って友情を深める彼女たちから離れることしかできなかった。

——むかつく。そう思うのは、咲良に憑依《ひょうい》している私の気持ち。

十七歳の咲良がどう思っているのかは、わからない。

私は偶然のいたずらで、この子の体に居《い》候《そうろう》している身だ。余計なことはしないで、ただ毎日息をひそめて、やってくるであろう成仏《じょうぶつ》の日を待つべきなのかもしれない。

でも、だけどね、咲良。

わからないけど聞きたいよ。あなたは本当にここに戻ってくるつもりなの——？

「どちらに行かれますか」

タクシーの運転手が、何事もなかった調子で聞いてきた。

私はいつもと同じように、咲良の自宅住所を教えようとして――やめた。

うん。やめだ、やめやめ。やめた方がいい。

胸元に落ちてくる、重くて真っ黒なストレートヘアをつかみながら言った。

「代官山《だいかんやま》の、×××ってお店に連れてってください」

「え、なんですって?」

「×××です」

聞き慣れない外国語だったせいか、運転手が聞き返してくる。私はもう一度繰り返して、タクシーを出発させた。

そういうわけでごめんね、咲良。

もし起きたら、ちょっとだけびっくりすることになっているかもしれない。

＊＊＊

翌日の朝である。

唐突だが、円城さん家《ち》のご飯はかなりおいしい。

朝からちゃんとしたスクランブルエッグとか、ポーチドエッグとかエッグベネディクトとか、かなり凝《こ》った卵料理にサラダとシリアルなぞが出てきて、わたくし市ノ瀬桜は、死んで初めてスフレオムレツに舌鼓《したつづみ》を打った、貴重な人間となったのである。

ちなみにスフレオムレツとは、卵をミキサーでもったりするまで泡立てて、たっぷりのバターで焼いた代物だ。これにトマト系のソースかけて食べると、大変に美味。スモークサーモンと一緒に食べても、当然のように美味。

その面倒くさくておいしい朝食を作ってくれるのが、咲良ママこと咲子さんだ。

「……咲良、コーヒーのおかわりはいる？　サラダもまだあるわよ」

今日も光あふれるダイニングテーブルで、娘の食が進んでいるか気にしている咲子さん。どこにもでかけていないのに、朝からスタイリングと薄化粧ばっちり。へたな干物ＯＬ女よりも女子力にあふれている。

「どっちもいらない」

「そう、いらないのね」

本当にいつもいつもご面倒かけてすみません。お世話になっています。

こちらとしてはお礼を言いたくてたまらないのだけれど、それはもう完全に私の自己満足になってしまうのでがまんしている。

かわりに精一杯、咲良らしい低血圧顔で返事をするわけである。

そして咲良パパの方はといえば、私の向かいで新聞を読んでいる最中だ。少々お腹《なか》のあたりがゆるんでいるものの、これまたロマンスグレーの優しそうな人。さっきから新聞の防御壁に隠れて、こちらとぜんぜん目を合わそうとしない人。

逆にこちら側に思うところがありすぎるのが、手に取るようにわかりすぎてしんどい人でもある。

「ねえ、咲良」

咲子さんが、あらたまった感じで言った。

「……なに？」

「本当にその……今の格好で問題はないの……？」

向こう三年ぶんぐらいの勇気を振り絞りましたといった雰囲気で、確認が入る。

私は一拍おいて、首だけかしげる。

「似合ってない？」

「い、いえ。似合ってると思うわよとても。ねえパパ」

「そ、そうだな。すっきりしたぞ」

「顔色も良く見えるし」

「前も見やすそうだ」

「ならいいよね」

私は、カフェオレのカップを置いて立ち上がった。

本日の食卓は、かりかりに焼いたベーコンエッグと温野菜サラダ、クロワッサンにカフェオレであった。

二人を前にして、二ミリぐらい、唇の端を引き上げる。ほんのちょっとだけでも笑って見えるように。

それだけで、ご両親にとっては驚異的。

「咲良！」

「——学校行ってくる」

いつもより軽いスカートが、私の一歩を応援してくれるはずだ。


午前八時十七分。

新京《しんきょう》学園の正門前に、黒いボディの無線タクシーが横付けされる。

後部座席の中から、ハリウッドセレブみたいにすっと斜めに脚《あし》を出して、優雅に立ち上がるＪＫ、それが私だ。

気持ちだけなら、ここから先はレッドカーペット。

きちんと背筋を伸ばして、膝《ひざ》とつま先をまっすぐ前に蹴《け》り出す感じで、校門から校舎までのアプローチを歩いていく。

（私は目立っている）

一緒に昇降口を目指す子が、ちらちらとこちらを見たり、振り返ったりしているのがわかるから、単なる自意識過剰というわけでもないはず。

うなじが寒くてスースーする。

もっと言うなら足下も。

襟《えり》足ぎりぎりぐらいのショートカットは、昨日代官山のサロンで、飛び込みカットしてもらったものだった。髪の色も頭髪規定ギリギリに攻めて、咲子さんカラーの栗色に寄せた。

担当したスタイリストさんも絶賛していたけど、あの二人って肌色も骨格もよく似ているから、絶対に似合うと思ったのだ。このアッシュ系のマロンカラー。おかげでカード決済ではあるが、代官山価格で大枚がふっ飛んだ。

かつて眉下ぱっつんだった前髪もサイドに流して、ほぼおでこ全開。つるっと全出し。白いガーゼとテープが丸見えになっているけれど、気にしない方向で。スカートだって十五センチぐらい裾《すそ》上げしたせいで、まったく膝周りの包帯が隠れていないのだ。

そういう意味で、私の格好は非常にインパクトにあふれている。

驚かれて、ぎょっとされても無理はない。

――とはいえスタイリストのお姉さん。いくらなんでも攻めすぎだわ。こうやって日差しの明るいところにいると、栗色っていうより金茶色って感じっすよ――。

「え？　なに、円城さん!?」

往来で驚きの声をあげてくれたのは、同じクラスの半田さんだった。

まん丸い頰《ほお》に両手をあてて、タレ目気味の目までまん丸にして、ちょうど髪を二つ、高いところでお団子にしているから、何か半田というよりパンダが驚いているみたい。

私は――。

「おはよう、半田さん」

何事もなかったように、挨拶《あいさつ》をした。

相手はますます面食らったようだった。

「……おは、おはよう……」

「それじゃあね」

反射的に声をかけてしまったら、普通に挨拶がきてびっくりみたいな、びっくりループにはまってしまった彼女を置いて、教室へ向かう。

前側のドアから中に入ったら、ちょうど男子女子ともに半分ぐらいの人が登校済みだった。

それなりにみな賑《にぎ》やかに喋《しゃべ》っていたはずなのに、入ってきた茶髪っぽいのが『円城咲良』だと気づいたとたん、水を打ったように静まりかえってしまった。

そこまで驚かれてしまうと、狙っていたとはいえ、ちょっと恐縮してしまう。気を楽にしてもらうため、「ニッ」と笑った。

今度はどよめきが起きた感じだ。あの円城が笑った、みたいな。

自分が珍獣《パンダ》になってしまった気分である。

そのまま己の席で一時間目の教科書を出していたら、隣にいた女の子たちが寄ってきた。

「…………円城さん、どうしたのそれ……」

驚きも、好奇心には勝てないのだろうか。勝てないのだろう。恐る恐るといった感じで、確認が入る。

いつも半田さんの机の島で、一緒にお弁当を食べていた子たちだ。たぶん悪い子たちじゃない。

私はできるだけ、普通の反応には普通に返そうと思った。

「変かな。なんか、気分変えたくて」

「変えすぎでしょ」

「そこまで染めちゃうと、先生に怒られるかもよ――」

私は切ったばかりの自分の髪の毛先を、蛍光灯の明かりに透かした。

「美容室の鏡の前だと、こんなに明るくなかったんだよね」

「ああ、そういうのよくあるけど」

「家で髪洗って乾かすまでは、まともな髪型とかね」

「わかるわかる」

「でも、似合ってるよそのショート。円城さん、頭ちっちゃくて首とかすっとしてるから、短くても平気なんだね。私、ぜんぜんだから羨《うらや》ましいな」

こうやって普通に美容室のあるある談義なんて、始めてみたり。

「――何あれ。痛すぎ」

だけど。こうやってトゲを出してくる人には、相応の対処をしようってね。

(悪い活性酸素は、発生源から絶つべし)

声がした方を振り返ってみれば、向こうはグループ同士で顔を見合わせてにやにや笑っているだけだ。箸《はし》が転がってもおかしい年頃のお嬢さんか。

私は、椅子《いす》から立ち上がった。

まっすぐ一直線に、そのお嬢さんたちのいる島へ向かった。

「やだ、サダコこっち来るよ」

こちらはいっさい笑わない。彼女たちの前で立ち止まる。

「――なんか用?」

とうとう間が持たなくなったらしい柴倉利香の取り巻きの子が、笑うのをやめて訊《き》いてくるけれど、用事があるのはあなたじゃないわけで。

私は、その場で左手の包帯をほどき始めた。そのまま全部ほどいて、柴倉利香の机の上に置いてあげた。

「ちょ――何してるのよ! 汚いもの置かないで!」

柴倉さんが、椅子から腰を浮かせる。私はぺろっと湿布も剝《は》がして、包帯の上に重ねて置いた。

「知りたかったんだと思って。この下がどうなってるのか」

淡々と言うこちらに、向こうもどう返していいかわからないようだった。

私の左の手首は、まだ一部に内出血が残っている。でも、外傷はいっさいない。

まだ呆然《ぼうぜん》としている柴倉さんの鼻先に、その左手を差し出す。よく見えるように。

「ずっと噂《うわさ》してたでしょ？　私が手首切ったんじゃないかって。自殺しようとしたんじゃないかって。これでもまだ言える？」

「……おかしいんじゃないのサダコ円城。意味わかんない」

「私はサダコじゃない」

「電波がなに言ってんの」

「電波？　私がそうならあんたはゲス女じゃない」

私はにやにや笑いながら、柴倉利香に言ってあげた。

「腹の中は欲求不満で、誰かのゴシップがないと生きていけないの。絶対もてない」

その瞬間、顔を真っ赤にした柴倉さんが、私の顔をひっぱたいた。

とっさに手が出たといった感じではあるけど、一発は一発だ。私は受けた。証人もいる。

なので、思いっきり右手でひっぱたき返した。

ぱあん！　って、一番派手な音が鳴る叩き方で、叩かれた柴倉さんがよろめく。椅子がその場に倒れる。

「利香――！」

柴倉さんは、髪振り乱して鬼みたいな形相《ぎょうそう》でこっちを睨《にら》んで叫んだ。

「やっぱり怪我なんて嘘《うそ》じゃねえか電波！」

「打ったのは頭。切ったのはおでこ。痛めたのは左手首と右足の膝！」

でもね、右手は元気だから。超元気だから。

椅子を蹴散らしてつかみかかってきた柴倉さんに、私は制服の襟首をつかませたまま笑い続ける。

「問題でーす。あんたがぶたれたのはどっちの手ですか？　ああそれもわかんないんでちゆかー」

「うるさい！」

そして私たちの乱闘は、騒ぎを聞きつけた鹿山《かやま》先生と学年主任に割って入られるまで続いたのだった。

連行。

一時間目の授業のかわりに、文字通り個室へと連行された。

いつもの社会科準備室ではなく、より公共性の高い説教部屋こと『生徒指導室』へ回されたあたりが、事の大きさを示している感じだった。

鹿山守《まもる》はドアと窓を閉め切り、説教主が座る椅子に腰をおろした。

「……やってくれたなおい」

開口一番、これだ。相当怒っているようだ。

私は向かいの椅子に座ったまま、ふてくされた顔でそっぽを向いた。

「先にやってきたのは、向こうだし。こういうので一人だけ指導室って、納得いかないんですけど」

「あっちは保健室だよ。まずは鼻血止めなきゃ話もできない」

さいですか。

私の制服のスカートにも、点々と飛び散っているこれ。ただの血ではなかったということか。

鹿山は自分の眉間《みけん》を指でおさえて、深々とため息をついた。

「子供相手にマウントとって、泣くまでタコ殴るって……野猿かお前は」

「………」

「大人げねえ。いや女じゃねえ」

パンダになったりサルになったり。大人じゃなかったり女じゃなかったり。

そうやってね、私のことをこき下ろすのは、別にいいんですよ。

「頭髪規定違反。服装規定違反。あげく乱闘騒ぎって。どういうことだよ市ノ瀬桜。お前、円城の人生をめちゃくちゃにする気か？」

「だったら――」

私は、初めて鹿山を睨み返した。

「だったらあんたは、気づいてたっていうの？　柴倉利香たちが咲良のこといじって遊んでたの。気づいてて放っておいたっていうわけ？」

だったらなおさらたちが悪い。

「俺は――」

「どうせ気づいてなかったんでしょ。その程度なのよ偉そうに言ったって。咲良の人生は咲良のものよ。でもね、あの状態を放っておくのが正しいことだなんて、私は絶対に思えなかった！」

だから自分で動いたのだ。越権行為を承知の上で。ちょっとでも咲良が戻りやすくなるように。

「鹿山が個人を尊重したいのも、変なレッテル貼りたくないのもわかるよ。わかるけど、教室で起きてることはちゃんと見ててよ。咲良が苦しまなかったって思うの？」

痛まなかったはずがない。

そういう私の、ここまでの憤《いきどお》りというかやるせなさも混じった剣幕を、鹿山はそれこそ身動きしないで聞いていた。

聞かされる顔からは、血の気も引いていた。

「……ごめん。言いすぎた」

「いや、俺の方こそ」

怒りのピークを過ぎれば、恥の気持ちも湧いてくる。

落ち着け。今のは完全に自分、己の都合百パーセントの言い分だった。咲良の側にシンクロして考えすぎた。恥ずかしい。

「わかってる……起きてたのは、全部先生の目につかないとこでだけ。証拠なんてない。あれを忙しい鹿山に察してどうにかしろって言うのは、酷《こく》な話だった」

いわゆる教職という仕事が、あらゆる職種の中でも相当のブラックだと言われて久しい。授業の準備に、教室の運営。校務分掌《ぶんしょう》にモンペの対応。ふだんだってこいつは、ものの五分でラーメンすすって昼食を終わらせる多忙ぶりなのだから。

そんな鹿山の手を借りずに、元から環境を変えようとしたことは、間違っていないと今でも思う。でも、動かなかった鹿山の落ち度をことさら責めるのは、間違いだ。

「言ってくれれば良かったのに」

「言っても解決しないよ。表向きは良くなるかもしれないけど。わかるでしょ」

そして問題はより深いところに潜り込んで、表からは見えにくくなるのだ。

あの頃は普通に、『先生なんて使えない』と思っていた。でも今考えるとなんと残酷

……同じ言葉を同い年の友人にぶつけられるかって言われたら、無理。言えない。

「考えてみればさ。現役の頃だって、先生がなんでもお見通しでさっそうと事件解決！なんてぜんぜんなかったのにね。なに求めようとしてたんだろうね、私」

「違う、市ノ瀬。そうじゃない」

鹿山が言った。

「こんなもんだって言うのは楽だけど、生徒から何も求められなくなったら教師でいる意味なんてない。なんのために教員やってるんだって話だ」

「鹿山……」

「だから今回俺が受けるべき言葉は、『偉そうに言うなアホ』で合ってる。そこまで追い

詰めて悪かった。本当にすまない」

そう言って、髪のつむじがこちらに見えるまで頭を下げる鹿山に、私もなんて言っていいかわからなかった。

「……私に謝られても、しょうがないんだけどね」

「そう――そうだな。円城にも会ったらちゃんと言わないとな」

目の前にいるけど、いない彼女に。

生徒指導室に流れる空気は、一時の張り詰めた時を過ぎて、違うものに変わってきていた。

「……教師失格だな、俺は」

「そう思うぐらいには先生ってことなんだと思うよ。鹿山先生」

愚痴《ぐち》に混ぜっ返しの台詞で応《こた》えながら、私は常々思っていた疑問を聞いてみることにした。

「鹿山ってさ、なんで先生になろうって思ったの？」

「は？」

「別に嫌みとかそういうんじゃなくて。単純な疑問。なんか教員目指そうとか思うきっかけあったの？」

表情が険しくなる鹿山に、私は慌てて付け加える。

だってやっぱり意外じゃないの。あの基本ソロプレイ好きの鹿山がなんでって。

ここが居酒屋とかだったら、普通にハイボールでも飲みながら聞けた話かもしれない。唐揚げか、マグロのカマ焼きでもつつきながら。欠けた空白を埋める作業も簡単だったかもしれない。

ＯＬだった自分が、駅前の海鮮居酒屋で鹿山と待ち合わせて愚痴をたれる光景を思い浮かべて、その馴染《なじ》みっぷりとありえなさに心の中で苦笑した。

実際は教師と生徒で、この場所は生徒指導室なわけだけれど。

鹿山は顔をしかめたまま、ぼそぼそと喋りだした。

「……きっかけっていうか……大学で、流れで教職の授業取ったら、けっこう面白かったというか」

「あ、そうなんだ」

「ゼミの先輩の影響もあるけど。実習先の先生方にも、けっこう親切にしてもらって。で、もしかして、俺みたいな人間でもやれるんじゃないかって思ったんだ。真ん中が歩けない奴でも、それを認めてやれる教師にはなれるんじゃないかって」

私は、もちろん全部にうなずきながら聞いていた。こいつが今、酒抜きでもすごく大事な、本音に近いことを喋ってくれていると思ったから。

「……まあ、ご覧の通りぜんぜんだけどな」

「ええ、そんなことないよ。鹿山君ヨクヤッテルヨ」

「お前、今カタカナで喋ったろ」

「とんでもない」

やったりやり返されたり。

当人は喋りすぎたと思ったらしく、話はそこで打ち止めだった。やっぱり素面《しらふ》じゃこのあたりが限界か。

まあ、でも、言われてみればそうかもと思う。思い返せば鹿山という奴は、人とつるもうとしない割には案外面倒見がいいというか、キャパの広い男でもあった。

私のような、自分とまったく相容れないような人間でも、それなりに受け入れてくれたのだから。

優しさを勘違いして、好きになってしまったこともあった。

そう。私ってこいつのこと大好きだったんだよなと。痛いことを思い出してしまったのだった。

高一、高二、そして高三の夏まで、トランペットを吹いて過ごした。

私としては、もっともっと先まで吹いてるはずだった。

最後の吹奏楽コンクール、うちの部は八月アタマの県大会で大敗した。

その頃には副部長なんて役職も背負っていたから、結果に泣きじゃくって会場から動けない部員たちを叱咤《しった》して移動させて、バスに乗って畑の中の福陽《ふくよう》高校に帰った。

「今日のこの経験は！　絶対、この先の糧《かて》になるから！　今回は残念だったけど、この先みんなが私たちのぶんまで、福陽の音を響かせてくれるって信じてるからね！」

「はい、先輩！」

「できるよね!?」

もう自分が流しているのが涙なのか鼻水なのかよくわかんなくなっている後輩たちに、むりやり「わかりました先輩！」なんて言わせたりしていた。

そういう反省会という名のミーティングを終えて、寄り道禁止で解散になって、私も最上級生の模範を示して、まっすぐ家に帰った。

で、すぐに着替えて家を出た。

夕暮れの国道を、がしがし二時間ぐらい自転車をこいで、わざわざ昼間の会場だった街の音楽ホールなぞへ向かった。

ホールの入った施設は、その時間当然のように施錠《せじょう》されて立ち入り禁止で、周りに人も少なかった。

昼間の喧噪《けんそう》や熱気が、嘘みたいにひっそりしていた。

八月中のイベントの告知が、今さらみたいに目に入る。これから先にあるのは、ジャズピアニストのコンサートに、バレエスタジオの発表会、作家の講演会らしい。

吹奏楽コンクール高校の部の告知は、当たり前だけどもうない。今日で終わってしまった。世界は確実に未来へ向かっているということだった。

私は敷地の外に出て、ちょうどホールの特徴的な屋根のラインを眺められる、歩道上のガードレールまで下がった。その場で自転車を降りて、そのままぼんやり、敗退の余韻《よいん》というものに浸ってみた。

あー、終わっちゃったんだなあとか。

なんであんなミスしちゃったんだろうなあとか。

ほんとに崩れる時は一瞬なんだなあとか。

審査員の先生方の耳が、全員ポンコツなことを期待したりもしたけれど、そんなことはぜんぜんなくて。しっかり、ばっちり、音は評価に影響した。

終わってしまったのだ。私の三年間。

こんなに後悔だらけの結果を、受け止めなさいなんて言われて。

あんまりだよ。

やり直させてよ。お願いだから。

「……もう一回だけ。お願い……」

神様。音楽とか部活とか、そういうのの神様。どうか私の声を聞いてください。お願いします。

「――何がお願いなんだ?」

私は、自然と組み合わせていた両手をほどいて、目を開けた。

鹿山守が、街灯の下に立っていた。

チェックの半袖《そで》シャツとデニムとリュックサックという、絶妙に冴《さ》えない私服姿で、そこにいた。

私は、思わず自分の目をこすった。幸いにして泣いてはいなかった。でも鹿山の方も幻《まぼろし》ではなかった。

「え。鹿山。なんでいるの」

「なんでって……予備校」

「すぐそこだし」

　そう言って鹿山は、私たちがいる歩道の反対側にある、こうこうと明かりの灯《とも》る雑居ビルを指さしたのだった。

　確かにこのあたりにならあったわ。けっこう大手の受験予備校が。

　難関狙っている子は、時間をかけてもここまで通ってくるっていう噂、聞いたことあるけど……言われてみれば驚くことでもなかった。

　高校三年の夏。みんなはもうとっくに、受験に切り替えてて当たり前なんだよね。

「そうかあ……私もそういうの行かないといけないのかな」

「そういうのって……」

「なんかいきなり暇になっちゃったもんだからさ」

　へらっと私は笑った。

「いやあでも、そういうもんだよね。ちょっと運命的なものを感じてしまったのだけど。こんな時に会えたなんて」

「こんな？」

「――今日ね、コンクールだったのさ。そこの会場で。負けちゃった。終わっちゃったよ、私の三年間」

口にすればあっけなかった。

笑って言った私の答え。なのに鹿山の眉間の皺《しわ》は深くなる。

「……こっち」

鹿山はぶっきらぼうに言って私の右手をつかむと、そのまま後ろのガードレールに腰掛けた。

座れって言われた気がしたから、私も一緒に腰掛けた。

鹿山の手は、まだこっちの手をつかんだままだった。私はまずその意外すぎる行動にどきどきしてしまって、鹿山の左手の小指に巻かれた絆創膏《ばんそうこう》とか、靴のつま先ばかり見ている鹿山の横顔とかを、うかがい見るので精一杯だった。

「運命とか偶然とかはよくわからないけどさ」

「うん」

「会えたのは良かったよ。がんばったなって言える」

——こんなこと言われちゃったらもう。

ここまでがまんしてきた涙が、ぶわって。一気にあふれてこぼれ落ちそうになる。

私は空いてる方の手で、顔をおさえた。それでも指の間から、熱いものはつたって流れていく。

「ずっと吹いてきただろ。毎日毎日。俺が寝てたり本読んでるだけの時も、ぜんぜん逃げないでずっと吹いてた」

「……だって、そうしないとヘタクソだったから」

「うまくなったよ」

くうっ、と変な嗚咽《おえつ》が漏《も》れる。

「俺なんかよりずっと、遠いとこに行けたと思うよ、市ノ瀬は」

「……でもだめだった。負けちゃったんだよ。大失敗して」

「でもがんばった」

「悔しいよ。悔しい。めちゃくちゃ悔しい。次やったら、あんなひどい失敗、絶対しないのに」

その『次』はもうない。

だってコンクールは一発勝負。そこにみんなが賭《か》けるから、あの瞬間に意味がある。

「残酷だな、神様」

私は、言葉もなくうなずく。

「死ねや、神様」

私は、横でごしょごしょ言ってくれる鹿山の奴が愛《いと》しくなって嬉《うれ》しくなって、ちょっとだけ距離を詰めた。体重を鹿山の側にかけても、奴は避けなかった。思ったよりもしっかり、私のことを支えてくれていた。

(ありがとう)

悲しみの泉は尽きない。後悔の火も。

でも同じ心の奥の方に、甘い優しい気持ちも生まれていた。これは鹿山に会ってからできたものだ。

優しくされるって、すごい嬉しいんだな。

私たちは、ずいぶん長い間そこに座っていたけど、最後は鹿山から立ち上がって、「帰ろう市ノ瀬」と言った。

「……私、自転車」

「ん。じゃあ、気をつけて」

どこか照れた感じのやりとりで、どちらともなく、手も離す。

流れで自分の手のひらを確認した私は――ぎょっとした。

え、何これ。なんでこんなに濡れてるの。もしかして私の汗？　私むちゃくちゃ汗かいてた？　汗くさい奴だった？

「鹿山」

歩きだそうとしていた鹿山が、びくっと振り返る。なんだか奴の方も私と似たような感じで、繋《つな》いでいた手をパーにしたままだった。

行き交う車のヘッドライトに浮かび上がる顔は、たぶんお互いまだ赤い。

ごめんねって言うか。びっくりしたよって言うか。

「あのね」

「うん」

「ありがとう」

とりあえずそれを言わなきゃって思ったら、鹿山は珍しく笑ったのだ。くしゃくしゃの、一歩間違うと目がなくなっちゃいそうな笑い方。それはもうむちゃくちゃ可愛かった。


(そうそう。あれは今思ってもレアな貴重品だったね)

たぶん、最初で最後か。

時は移って、円城咲良の中の人と化している私は、皮肉な気持ちで振り返るのだ。

なんとなくあれで好意を確認し合えたような気になっていたのだが、思っていたのは私だけだったようだ。痛い。本当に痛すぎる。

あの不本意なコンクール敗退で燃え尽きたらしい私は、その後ひどい夏風邪をひいて寝込んだ。

私自身はほとんど記憶にないぐらいなのだけれど、ほぼ寝たきりに近い感じでベッドの住人になって、薬の副作用とかで言動も一時怪しい感じになったそうで、やっと起き上がれるようになったらもう新学期で、九月の学校に行ったら鹿山の態度は激変していた。

ほんとにほんと。

何か今まで以上にそっけなくて冷淡な感じで、ろくに口もきいてくれなくなってしまっていたのだ。

私も理由が知りたくて、最初はいろいろ追いかけた。でも、鹿山は口を割らなかったし、避けられているのがわかっているのにつきまとうのは、単純に惨《みじ》めだった。

それでまあ、私も結論づけたのだ。

あの日の鹿山は、彼の中では『どうかしてた日』だったのではないかと。

目の前に小うるさい騒音トランペット女がいて、珍しくめそめそしていたものだから、流れでつい慰《なぐさ》めてしまった。気分的にもなんだか盛り上がってしまった。だが落ち着いて考えてみたら相手は騒音トランペット女。こいつとつきあうとかまず無理だ。勘弁してくれ——とまあ、こんな感情が働いていたのではないかと察したのである。

ふざけるなと怒るよりも、だよねーと腑《ふ》に落ちてしまった自分も悲しい。

そこから先は、語るほどのこともない。

私も鹿山もお互い受験の準備が本格化して、ほとんど交流もなく卒業の日を迎えてしまった。私はすったもんだの果てに推薦《すいせん》で地元の私大に行き、鹿山は県外の国立に受かったという話だった。

「……なんだよ、その渋茶飲んだみたいな顔は」

そして時はたち、就職して『せんせー』になった鹿山が言う。

私はしみじみと、そんな奴の顔を見つめる。

不器用だった本の虫。あれから時間をかけて身につけたのは、世間なみのセンスと立ち居振る舞い、あとは協調性か？

「いやあ……出だしのつまずきって、人格の形成に影響するんだなって思って」

「は？」

よく考えたらありえない女と認定された私は、その後の恋愛も積極的というわけにはいかなかった。

何かのきっかけで揉めたり別れ話が起きると、あっさり『だよねー』と心の中で唱えて引いてしまうのだ。だってありえない女だから。

冷たい奴だと言われたこともあったけど、たぶんそういうことではないんだろうな。

「あのとき鹿山にふられてなかったら、もうちょっと違う人生あったのかなとかね」

「なに言ってんだお前」

「ごめん。寝言。忘れて」

これは今考えてもしょうがないことだ。鹿山も言われたところで困るだろう。

案の定、鹿山が困惑顔になったところで、ノックの音がした。

「——先生。鹿山先生。いいですか?」

この声は——。

私も鹿山も、一気に緊張した。

「どうぞ」

鹿山が立ち上がって言った。学年主任の先生だ。

扉を開けて顔を出したのは、全体に四角くて、首がない感じの男性だった。だいたい四十代半ばぐらいだろうか。達磨《だるま》に似た大きな目が、ぎょろっと私たちのいる狭い室内を見回した。

「柴倉利香の方は、落ち着いたので授業に合流させましたよ。そっちは――」

「大丈夫です。ちょっと誤解があっただけみたいで。なあ円城」

鹿山がこっちを見るから、私も殊勝《しゅしょう》な顔になってうなずいた。

「今度二人で、ゆっくり話し合いの場を持たせようと思います。服装の方ももちろん、行きすぎた点は指導していきますので」

どうぞこれ以上突っ込んでくれるな先生よという我々の祈りは、通じたみたいだった。

「……わかりました。そういうことでしたら、ね」

しかめっ面ながらも、鹿山に預けることで納得してくれた模様。ありがとう先生。

「さ、行ってきなさい円城。みんな心配してるぞ」

「はい。迷惑かけてすみませんでした」

私は鹿山にも学年主任の先生にも、頭を下げる。

「まったく最近の生徒ときたら――」

説教モードに入りかけた主任の先生につかまらないよう、すみやかに生徒指導室を出る。

そのまま一直線に廊下を進んで、完全に角を曲がってから、私は肩ごと腕を回した。

緊張で凝り固まっていた背中も一緒に、メキッと音をたてた。

（……ぜんぜん最近の生徒じゃありませんよ。中身はいい年の女ですよ。アラサーの）

さて、鹿山が言うように授業に出るとするか。

私は生徒手帳に挟んだ時間割を、簡単に確認する。

時間的に一時間目は終わってしまっているので、次は二時間目。科目は美術か。

人が出払った教室に戻って、筆記用具と教科書だけ持って、特別棟の美術室へ向かった。

えっちらおっちら最上階まで上がって、この間と同じ扉を開ける。

「——いきなり描き込まずに、全体の形を取るところから始めてください。線じゃなくて面を意識して。そうするとバランスが取りやすいから——」

講師の波賀《はが》先生の、穏やかな声が聞こえてきた。

中ではクラスメイトが、扇状《おうぎ》に椅子を並べて座っていた。手元のスケッチブックに向き合って、鉛筆を動かしている。

視線の先にあるのは、モデルの果物籠《かご》と花瓶《かびん》。どうやら静物デッサンの時間らしい。

みな描くのに集中していて、ほとんど私に気づかない。

唯一、教室正面にいた波賀先生だけが、こちらに気がついた。

「大丈夫？　円城さん」

白いゆったりとしたカットソーに、紺の細かなひだが入ったロングスカート。柄はなし。

アクセサリーは細い首を飾るコットンパール一粒と、プラチナの結婚指輪。

そんな綺麗《きれい》でナチュラルな装《よそお》いの先生は、あらためて私の変わりっぷりを見て――眉をひそめてしまった。当然か。

「本当に思いきったのね……」

「すみません、やりすぎました」

指輪がはまる手が、こちらのショートカットを、軽くなでた。

やっぱり髪の色は、もう一回サロンに行って、気持ち落ち着いた色に染め直してもらった方がいいかもしれない。

「授業に参加したいんですけど、いいですか」

「ええ、それはもちろんよ。確か今学期は最初の授業よね」

「はい」

「教卓の上に、新しいスケッチブックがあるから。それを使って描いて」

私は先生に言われた通り、新品のスケッチブックを受け取って、端の空いていた席に腰掛けた。

ちょうど私がいるところと真逆の席に、柴倉利香がいた。

私にぶたれた頬を赤く腫《は》らして、それでこちらの視線に気づいたとたん、わかりやすくそっぽを向いた。アイドルメイクの鼻には、綿が詰めてあった。

「……大丈夫?」

横で描いていた子が、こっそりと囁《ささや》いてきた。

世話焼きの半田菜々子さんだった。

私はスケッチブックを開きながら、少し考えて言った。

「もっと早くこうすれば良かった」

「ぶ」

半田さん、自分のスケッチブックにおでこをぶつけるレベルで噴く。

今もうつむいたまま、丸い肩をひくひく震わせている。そんなにおかしいだろうか。

なので聞いた。

「大丈夫?」

「…………円城さんって、意外と……」

「半田さんも笑い上戸だよね」

「ぶは」

これがまた彼女の笑いのツボに入ったらしく、上履《ば》きの足をじたばたさせて悶《もだ》えている。

同じ『笑う』でも、この笑い方はとても素直だった。タイヤのかわりにスケッチブックを抱えたパンダちゃんに、喜ばれた気分。

「……あー、もう。半田じゃなくてもいいよ。菜々子でいいから」

「でも私、ハンダサンって呼び方好きかもしれない」

「ほんっと変わってるよね……じゃあ私もエンジョウチャンにする。いいよね」

はい決定って感じで、私の返事を待たずに半田さん、デッサンを再開する。

(――出すぎたかな?)

こういう時に聞きたいのは、ここにいない咲良の意見。

でも彼女の声は聞こえない。聞ければいいのに。聞こえない。

私は偶然のいたずらでこの子の体に入ってしまった、赤の他人の居候だ。本当なら余計なことはしないで、息をひそめて成仏の日を待つべきなのかもしれない。

でももし咲良が、万が一にもこの生活が嫌だなと思っていたなら。今もなお戻りづらいなと思ってしまっているとするなら。

それなら私がちょっとだけ手助けをしてあげる道も、あるかなと思った。

いつかこの体に戻ってくる、本物の彼女《さくら》のために、少しずつ変わってしまったことをまとめていこうと思った。

その時は差し出がましいかもしれないけれど、手探りでやってきた私の意見も少しだけ添えて。

恐らく咲良は私のことなんてまったく知らないし、何このお姉さんと思うに決まっているとしてもだ。

（そう、もちろん呼び名は『お姉さん』よ。おばさんとは呼ばせない！）

この決意は……難しい、かも。どうだろう。

私は咲良の人生をちょっとでも良くするために、ごく少量のお節介を積み重ねる。そしてこの学校という名の箱庭を生きていく。そういうことなのかなって、ぼんやりと思った。

3章 ふるさとへの道

こんにちは、咲良《さくら》。

読んでくれてありがとう。

壊れたスマホに代わって新品を手に入れたので、あらためてこちらのメモ帳に、必要なことを入力していこうと思います。

たぶんあなたがこれを見る時、私はすでにいないでしょう——なんて書くと死亡フラグがたったように見えますが、残念。フラグじゃなくて本当に死んでいます。

あなたが歩道橋でこけてかつぎこまれた病院に、同じようにかつぎこまれて死亡した美人ＯＬ、それが私です。

名前は市ノ瀬桜《いちのせさくら》。

あなたと同じ名前ですね。

本当は順当に成仏《じょうぶつ》するはずだったのですが、寸前であなたの親御さんが『さくら！』と呼ぶのを聞いてしまい、あなたの体に憑依《ひょうい》することになってしまいました。ごめんなさい。

以降、あなたの生活に支障がないよう、気をつけて暮らしてきたつもりです。

ただあなたという人の情報が少なすぎて、答え合わせができていないまま、過ごしてしまっている箇所もあります。

また、明らかにあなたのキャラクターから外れていると思いながらも、必要と判断して変更してしまった点もあります。

念のため申し上げますが、私はおばちゃんではありません。あなたと同じ平成生まれです。

閑話休題《かんわ》。そういうわけで、あなたが意識を失う前と、再び取り戻した後では、あなたを取り巻く環境も多少変わっていることかと思います。

これからその点について、簡単にですが説明します。

まずこのスマホのラインにちょくちょく顔を出す『ハンダ』という名前やジャイアントパンダの符丁《ふちょう》は、あの半田菜々子《はんだななこ》さんのことです。

勝手な真似をしてごめんなさい。あなたが望んであの環境に身を置いていた可能性を、考えなくもなかったのですが、それでもいじめは問題ですし、味方はいた方がいいと思うのです。

個人的な意見ですが、友達というものは素敵な財産だと思っています。

半田さんは世話好きでお笑い好きのマメな子ですが、こちらが嫌がることには踏み込まない距離感も心得ているようです。気が向いたらで良いので、縁を繋《つな》いであげてください。

もちろん無理にとは言いません。

彼女と友好関係を築き、柴倉利香《しばくらりか》と正面からやり合った結果、円城《えんじょう》咲良の学校生活は、だいぶ円滑なものになりました。

あと、もしかしたらあなたの担任教師が、妙に意味ありげな目線であなたの全身をくまなく見つめたりするかもしれません。とても気持ちが悪いし怖いでしょうが、心配する必要はありません。あれは私の高校時代の同級生で、今回の憑依現象に対して、フォローをお願いしたのです。

これもある意味で、友情の副産物と言えるでしょう。当時から陰気で思わせぶりな奴でしたが、教え子に手を出すほど堕《お》ちてはいないはずで——。

(……駄目だな。どうも言い訳がましいし、書き方が犯罪っぽくなってきた……)

冒頭からして良くない。はーい私リカちゃん、お電話ありがとうのノリだ。

私は残念な気持ちになって、自分で書いたテキストの前半と中盤と後半、つまりほぼ全部の項目を削除した。

これじゃ咲良にどん引かれて読んでもらえない。

満員電車の中で、千々に乱れる思考を整理して、長文を書くのは難しい。ただでさえ難しい内容なのに。

その昔、友人に趣味でケータイ小説を書いていた子がいたけど、あのテクニックと根気は、今さらながらすごいと思う。

実際、似たような馴れ馴れしい文をいきなり読まされた記憶があるのだけれど、あれはどこでだったろう。メールとかじゃなかったよな……なんて思う私の思考を押しつぶす勢いで、地下鉄の車両がカーブにさしかかった。

列車の中にすし詰めな人の体重も移動して、咲良の華奢《きやしや》な体もくの字に曲がる。

十月のテスト期間あたりから、私はタクシーでの通学をやめていた。もう怪我の方もだいぶ良くなっていたし、あまり自分の体を甘やかすと、近所のコンビニへ行くのにも億劫《おつくう》になりそうだったのだ。

（それでも……久しぶりの朝八時通勤ラッシュは……効く）

忘れていた圧迫感。見ず知らずのサラリーマンや学生さんと、肌を密着というか圧着プレスさせながらの十数分。これをがまんしてから電車を降りるのだ。

粛々《しゆくしゆく》と改札を出て階段を上がり、そこからビルの谷間の通学路を歩いていたら、後ろからどしんと巨体にぶつかられた。

「おはよう、円城ちゃん」

「ああ……半田さん。もしかして一緒の電車だったりした」

「だったりした」

「奇遇だ」

半田菜々子さんは、あらためて私の横に並びながら、おかしそうにタレ目を細めた。

おおらかで世話好き、な彼女の笑顔は、同じ『笑う』でも印象が違う。なにか福々していて可愛《かわい》い。

「しかもねー。円城ちゃん。実は電車どころか、車両も一緒だったんだよね私たち」

「え」

「ああいるなあ、声かけようかなあって思ったんだけど、なんか真剣にスマホ入力してたから」

私は、ちょっとぎくりとした。もしかしてあの中身を見られたのかって。

「それって……」

「ただねえ、間にオジサンが三人ぐらいいたから。近づきたくてもちょっと無理だった。残念」

——なんだ。それぐらいだったら、文章を読むところまではいかなかったかもしれない。大丈夫かも。

内心胸をなでおろしながら、半田さんと残りの道のりを歩く。

「なに書いてたの？　ポエム？　ネット小説？」

「辞世《じせい》の句」

「嘘《うそ》ぉ」

「嘘」

私がしれっと言うと、彼女は目をまん丸にして、また笑うのだ。

「やめてよもう。円城ちゃんが言うとしゃれにならない」

「そこはしゃれで流してほしいんだけど」

「もー、こういうこと言うキャラなんだもんなあ。知らなかったっていうか騙《だま》された」

いったいどういうキャラでいたのか、私の方が教えてほしいぐらいだった。

半田さんは、ひたすら丸い肩を震わせて笑っている。かと思えば急に真剣な顔になって、

「そういえばさ、円城ちゃん。聞いてよ。文化祭の出店の希望さ、あったでしょ」

あったけどさ。話、飛ぶなあ。さすがは女子高生。私は感心しながらうなずく。

「あれね、集計したらうちのクラスって、喫茶店とお化け屋敷で同数なんだよね。いろいろ話し合ってみたんだけど、いっそ両方やるのはどうかっていう案があるの」

「ゾンビがお茶運んでくるの？」

「そう。円城ちゃん、吸血鬼のコスとかしてみる?」

「ううん、しない」

「やろうよ。ゴスとか。せっかくの孤高枠は活かさないと」

それ、大衆に媚《こ》びた時点で、孤高も何もないと思うんだけど。

「嫌?」

「お断り。もう髪も切ったし」

咲良にそんなファンキーな真似、させられるわけがない。私だってその手の趣味はない。ノリでなんとかする年も過ぎてしまったし。

「……そっか。まあ、そういう企画があるぐらいは頭に置いといて」

彼女は深追いはせず、あっさりと引いてくれた。

(半田さんは大人だ)

パンダちゃん・イズ・クレバー。

もっと年上の人たちだって、これができるタイプは限られている。

私がテキストで咲良に向けて書いたように、彼女は適度な距離感で私とつきあってくれる。いつも適当な感じでネタはふるけど、こちらが嫌だと言えば、それ以上は踏み込まない。おかげで私は、前より孤立はしないけれど、処理しきれないほど密なグループに入らなくていい立ち位置にいられた。

「吸血鬼じゃなくて雪女なら可？」

「しつこい」

でも、ちょっとだけ諦《あきら》めは悪いかもしれない。

そうやって、表面上は人付き合いが微増した『円城咲良』ではあるが、全部の人間との対立のしこりが、完全に取り除けたわけじゃない。

証拠に学校の昇降口にたどりついた私は、自分のところの下駄箱を開けるわけだけど。

「どうしたの？　ため息ついちゃって」

「……べつに。なんでもない」

私は曖昧《あいまい》に言って、下駄箱の中に入っていたものを、素早くポケットに突っ込んだ。

今回は、ルーズリーフに殴り書きだ。朝っぱらからずいぶん乱暴な言葉を目にしてしまったものよ。

（『ドブス』って。ブスなわけないでしょ。咲良は可愛いんだって）

自分が女子高生だった頃、これぐらいの容姿とスタイルがあったら泣いて喜んでいたに違いない上玉に何を言うだ。

書いてよこしてきた犯人は……たぶん柴倉利香のグループあたりなんだろうね。

独断先行で突っ走った結果、直接的ないじりやからかいはできない雰囲気になったけど、遺恨自体は残りまくりなのだと思う。かわりにこういうせこい攻撃を、ちくちくしてくるようになった感じなのだ。

見たところ、上履《ば》き自体に細工はないようだから、良しとするべきかもしれない。完全に負け犬の遠吠えだし。それにしたって気分のいい話ではないけれど。

半田さんについて、教室への階段を上っていく。

途中でクラスメイトの女の子たちが、「おはよう菜々子！」と、半田さんに合流してくる。「あ、円城さんもオハヨー」と、そのついでのおまけのような距離感が心地いい。

男子生徒の声も、半田さんには飛んだ。

「なあ半田ー！　文化祭で円城に女王様のコスプレさせるってマジ？」

「俺は魔法少女って聞いたけど！」

「ああうん、それは今交渉してるとこだから。もうちょっと待ってて」

「待てばいいんだな？　吉報を信じてるぞ」

男子はボンクラ全開だし、半田さんはなにか恐ろしいこと言ってるよ。交渉中ってなに、交渉中って。それどころじゃないんだからこっちは。

私はため息まじりに自分の席について、机の中に手を入れたら、こちらにもまだ何か入っていた。

（むむ）

もういい加減にしてくれと言いたい。

「──よしわかった！　言いたいことがあるなら聞こう！」

放課後。

私は学校の校舎裏にいた。

目の前には、私をここに呼びつけたとおぼしき男子生徒がいる。

「男子？　男子なのね？　本当に男子？　女子じゃなくて？」

「普通に男だけど……」

どこか途方に暮れた感じで、相手は答える。

「本当に男なんだ……」

「だから何そのリアクション」

柴倉さん一派との決着をつけようと、それなりに身構えていただけに、少々どころではなく拍子抜けだった。ええ、こちらはスマホの録音機能に、防犯ブザーと七味の瓶《びん》までスタンバイしていたというのに――。

（けど、待って、考えてみて桜）

別に恨まれるのは、女子に限った話じゃないよね。私が勝手に思い込んでいただけで。たとえば女子のいじめに、つきあっている男とかが乗っかってくるパターン。あれも普通にあるよね。逆に俺の女をいじめんじゃねえとか、そういう横やりとか聞いたことあるし。

私は嘆かわしさにため息をついた。

「どっちにしろかっこわるいんだよねえ、こういうの……直接来ればいいのに……」

「えっ、オレかっこわるい？」

少年が、なんでか半泣きな顔になった。

「ところで君、名前は」

「覚えてないのかよ！　田中敦也《たなかあつや》！」

「田中君ね。わかった」

「一年からクラス一緒だったんですけど」

「ごめん目に入ってなくて。柴倉さんか誰かと仲いいんだよね？　今日は彼女は？　一緒に来てない？」

「は？　なんでそこで柴倉が出てくるわけ」

少年、もとい田中君は心外そうに言った。

「もしかして……柴倉グループ、関係なし？」

「関係も何も、知らねえよあんな奴ら」

「じゃあ純粋に君が」

この私を恨んでいると。

放課後の校舎裏に、一人で来いなんて書面で呼び出しをするぐらい、憎くて憎くてたまらないと。このさわやかそうな青少年が。

これは……なかなかにショックだった。

「最低……」

「ねえ……何ため息ついたあげく、またきょろきょろしてるの？」

「さすがに男子に複数で囲まれると厳しいから……」

今のうちに退路は確保しておかないと、と。それぐらいは思ったわけで。

なにせ都会の学校だから、校舎裏とは言っても、フェンスの向こうは普通にオフィス街。人が歩いているんだけどね。

「なあ円城。頼むからそんなに警戒するなよ。大丈夫、本当にオレ一人だから。なんで他に誰かいることが前提なわけ」

「だって」

「告白するのに友達連れてくるとか、いくらなんでもそこまで臆病《おくびょう》じゃないって！」

田中君はもどかしげに言った。

私は私で、彼が言った言葉の意味を反芻《はんすう》する。

告白。

男一人。もしかして——。

「恋の……告白的な？」

恐る恐るの私の確認に、田中君は深々とうなずき、ぼっと顔を赤らめたのであった。

なんてこった。


私たちは、あらためて場所を移した。

もうちょっと恋バナにふさわしいというか、高校生男女の語らいに見合ったファミレスのボックス席へと移動したのだった。

「……いや、前から気にはなってたんだよ？　外部入学組で、可愛い子がいるなってさ」

田中君は、さっきからドリンクバーのストローの袋を折り曲げて、それに水滴を落としてヨジヨジさせるという行為をしきりに繰り返しながら喋《しゃべ》っている。

あらためて見れば、当人は小柄でそばかすが目立ちながらも、彫りの深いジャニーズ系の整った顔の子だった。そのストロー芸はどうかと思うが。

「……それは、どうもありがとう……」

「でもほら、円城ってオレらが声かけちゃいけない感じだったろ。嫌われてんのかって」

「そんなこと」

「あっただろ。前に新橋《しんばし》先輩が円城にちょっかい出した時の反応、オレまだ覚えてるぞ。もう、キャー！　みたいなでっかい悲鳴あげて手ぇ振り払って」

私は耳を疑った。マジですかと身を乗り出したいぐらいだった。

そのゆりかもめに乗れそうな先輩がどういう人かは、まったく不明だけど。あのローテンションと呼び声高い咲良が、そんな真似を。

「だからまあ、なんとなくオトコは近づくなっていう掟《おきて》？　不文律になってたし。中学から新橋さんが好きだった柴倉なんかは、マジギレしたわけだし」

咲良は――男子が苦手。そういうことなのだろうか。

なんとなく、男女平等に背中を向けて浮いているイメージがあったのだけれど。ごめん咲良。

そういえば鹿山《かやま》の奴も、俺は敬遠されているとか言っていたっけ。あれってもしやそういう意味。そうかそうか別に隠さなくてもいいのに……というか、柴倉さんの方は完全に嫉妬《しっと》でやっかみだったんじゃないの、やだもう。

「つまり何が言いたいかっていえば……ああそうだ、オレとかが柴倉のいじめ傍観してるって思われんのも、けっこうシャクだ」

「思ってません思ってません」

「まあいいけど。けっきょく自分で解決しちまったもんな。ちょっとスカッとしたわ」

ストローの袋いじりを続ける田中君は、あらためて私の顔——つまり咲良の顔を見て笑った。

「そう。そういうわけで、最近の円城はすごくいいと思うんだわ。すごくいい」

「どうもありがとう……」

「で、返事は?」

「ごめん無理」

田中君は、がくりと肩を落とした。

はからずも私が取り憑《つ》く前の、貴重な証言を聞いてしまったわけだ。

「しかし抜かったわー……まさか告白されるとは」

「ぶっ」

私がしみじみ呟《つぶや》いたら、鹿山が食べていたチャーハンを噴いた。

「本当にかけらも、一ミリも可能性を考えなかったんだよ。あの瞬間まで。駄目すぎじゃない？」

現在時刻は、午後四時前。私がいるのは、いつもの社会科準備室だ。部屋の主である鹿山守《まもる》は、米粒が気管に入ったらしく、まだえほえほと咳《せ》き込んでいる。

私はそんな奴を、針と糸を持ったまま見守っている。

「……大丈夫？　お昼休みに食いっぱぐれたか何か知らないけど、あんまり変な時間にご飯とか食べない方がいいよ？　体に悪いし」

「……そういう、問題じゃ、なくてな」

「ほらお茶飲んでお茶」

まだストローすら刺していない、ブリックパックのお茶を勧めてやる。別に買ったの、私じゃないけどね。

鹿山はお茶を一息に飲んで、やっと人心地ついたみたいだった。

「相手は、うちのクラスか」

「そう。田中君」

「田中……物好きな……」

ちょっと。うちの咲良を珍味扱いしないでちょうだいよ。

「まさかOKしたんじゃないだろうな」

「は？　するわけないじゃない。ちゃんとお断りしたわよ」

「本当だな？」

「しつこいわね。受けてどうするのよ咲良の意見も聞かないで」

友人知人レベルならともかくだ。知らない間に彼氏ができていたなんて、咲良にしてみたらホラーだホラー。男子が苦手説まであるなら、なおさら勝手な真似はできないでしょうよ。

「お前のことだから、浮かれてどうにかかって可能性もあるだろ」

「――刺すよ鹿山」

私は真顔で、持っていた針の先を鹿山へ向ける。

「超失礼」

「わかった言いすぎた」

本当に失礼すぎだ。私は針を戻して、膝《ひざ》に乗せたベロア調の布の裾《すそ》始末に戻った。

それにしても縫《ぬ》いにくい布だな、これ。くにゃくにゃしてぜんぜん安定しない。

「だいたいいくらイケメンのジャニーズ君でも、高校生は趣味じゃないっての……」

「……時に市ノ瀬。お前はさっきから、何を持ち込みでチクチクやってるんだ？」

「これ？　ウェイトレスの衣装」

「ウェイトレス」

「そう。担任なら知ってるでしょ。文化祭でホラー喫茶やることになったから」

昨日のロングホームルームで、正式に企画と分担が決定したのだ。

資材調達係の子は、さっそくドン・キホーテその他に行って、いろいろ買い込んできたらしい。私はご覧の通り衣装を縫う係。

私はパイプ椅子《いす》に座ったまま、縫いかけの服を広げてみせる。

もとは安っぽいパーティーコスプレ用のメイド服だけど、裾を切って黒のレースを足して、猫耳としっぽを付ければ黒猫ウェイトレスのできあがりだ。

「当日はカラコンとネイルも凝《こ》るんだって。クラスの女の子たちが、きゃいきゃい言いながらデザイン決めてた」

「お前が着るのか、それ」

「冗談きついわよ。もちろん遠慮した」

「だよな」

「でもまあ、これじゃなくても、なんかは着ることになるんじゃないの」

「なんかは」

「半田さんから圧がひどいんだよね……あの人あれで交渉人《ネゴシエーター》だから……たまには譲らないとまずい感じ……」

「けっきょく着るのか」

「——あのね鹿山。さっきから妙に絡むけど、なんなの？」

私はさすがに聞き返してしまった。

「告白されたのもコスプレするかもしれないのも、『私』じゃないからね。『咲良』だからね」

そこのところわかっているだろうか。

私は釘を刺すだけ刺して、また針仕事に戻るわけだけど……鹿山の方は、いつまでも顎《あご》に手をあてて考えこんでしまっていた。

「……鹿山？」

「……いやな……確かに市ノ瀬がそう言うのはわかるんだが……でもな……」

「なんなのよ」

「なあ、ちょっと聞いてもいいか市ノ瀬」

鹿山が、あらたまった感じでこちらを向いた。

「お前、もしかして諦めてないか？　成仏するの」

「は？」

出す声が、一気に剣呑《けんのん》なものになった。

「——どういうこと？」

「諦めるって言い方が変なら、考えないようにしているでもいいか。最初お前は、円城に体を返す前提で俺に協力を求めてきて、円城の言動を真似るためにあれこれ試行錯誤《さくご》してたんだよな。それで最近のお前は、ただ円城のやることをトレースするだけじゃなくて、そこから一歩踏み込んで、環境を変えるところにまで手を出し始めた」

「それは咲良のためよ。ちょっとでも戻りやすくするために」

「ああ。それは聞いてるよ。別に間違ってないと思う。お前のがんばりでいじめも減って仲間も増えて、円城にとっては悪いことじゃない。ただな……なんていうかお前の適応能力があ
りすぎて、このまま円城が戻ってこなくても、普通にやっていけそうなぐらい俺のクラスに溶け込んでるようにも見えるから」

ちょっと怖くなる、と鹿山は言った。

その言葉に殴られた気がしたのは、私だ。

「実際、どうなんだ。もう出て行けないかもしれないから、馴染《なじ》むことの方に力入れてるってことはないのか」

「……ばか、馬鹿言わないでよ鹿山。そんなわけないでしょ」

私は言い返す。

本当に馬鹿野郎だ。人をそんな外道《げどう》扱いしないでほしい。

「私は一日でも早く成仏したいし、体を返したいと思ってるの。やることだってちゃんとやってるんだから。私と咲良が事故った現場に行ってみたり、神社でお祓《はら》い受けたり。まだ成果が出てないだけで」

「それも聞いたが、試したのってけっこう前の話だよな」

「最近はちょっと……中間の勉強とかが忙しかったから……」

私は急いで続けた。

「でもね鹿山、今日は電車で記録をつけ始めたの。いつでも咲良に引き継げるようにって。

書き出しにずっと苦労してたんだけど、今度は大丈夫」

「そうか、それももちろん必要なことだな」

返す鹿山の声は、ぜんぜん褒《ほ》めているようには聞こえなかった。

お前それ、ただの引き継ぎの資料作りだろと言われた気がした。

鹿山が求めているのは、たぶんもっと別なことだ。後任へのマニュアルを整備するなんて、そんな後の後の話ではなくて。もっと具体的に、この体から出ていくために、自分から行動しているのかって。

(辞表叩きつける的なやつ)

していたかって言われたら——最近はしていなかった。

だって鹿山の言う通り、咲良の姿を真似て、教室に溶け込むことで手一杯だったから。

次から次にトラブルは起きたし、いじめとか絶対に嫌で許せなかったし。それ以外へのリソースなんて、割いていられなかった。

決して目を逸《そ》らそうとしていたわけじゃない——。

「……市ノ瀬。俺は別に責めたいわけじゃないんだ。お前の状況考えたら、むしろここまでよく持った方で——」

「うるさいわね。勝手に人の限界を決めないでよ」

今さらのように優しい声を出す鹿山の台詞《せりふ》を、私は遮《さえぎ》った。

「わかったわよ……ようは今すぐさっさと出ていけばいいのよね」

「いや、何もそこまで言うつもりは」

「ただし鹿山。あんたも言うだけのことは言ったんだから、協力してよ。かなりの荒療治になるからね、これ」

私は、動揺し始めた鹿山の目を、強く見据えて言った。

「……何するつもりだ」

いわゆるショック療法というやつだろうか。

私は人差し指を一本たてた。

「実家に帰ろうと思うの。咲良の家じゃなくて私の——市ノ瀬桜の実家に」

＊＊＊

翌週の日曜日。私は上野《うえの》の駅のホームで、鹿山と待ち合わせた。

宇都宮《うつのみや》方面行きの、宇都宮線普通下り列車。上に何本も高架の線路が走っているせいで、地上を走るくせに微妙に薄暗い一階ホームに私たちはいる。

とりあえずここから出る電車に乗れば、私の生まれた故郷の駅にたどりつく。最近は上野東京ラインができたせいで、上野の始発駅としての価値もだいぶ下がったという話だけど、私たちの世代にはまだ馴染みが深い駅だ。家から電車で東京へ遊びに行く時、必ずここを通った。

だからなんとなく、今日という日のスタート地点を設定するなら、上野がいいと思ったのだ。

学校からも咲良の家からも、微妙に離れている点もポイントが高い。

「とりあえず、おさらいしようか鹿山」

私は、隣にいる鹿山に言った。

本日の鹿山守は、黒のカットソーにグレイのジャケット、カーキのチノパンという休日仕様。ありし日の野暮ったい私服からは、格段に進歩しているのは確かだ。

仕事用にワックスで整えていた前髪も、今は賢そうな額にさらさらと落ちる。そうなると急に学生っぽさが出て、先生というよりはサブカルもかじる元文系青年といった感じ。

このまま上野の美術館や博物館デートもできそうなさわやかさの鹿山に対し、私は紺一色のロングワンピースに、ぺたんこのバレエシューズという出で立ちだ。バッグもストッキングも、葬式《そうしき》ばりに艶《つや》のない黒で統一した。

咲良の私服の制服らしさも、こういう時はありがたい。

普段着でも『弔問《ちょうもん》』にふさわしい格好になれる上、家を出る時に怪しまれないですんだから。

「いい？　円城咲良はね、実は市ノ瀬桜と交流があったの。とある夏のゲリラ豪雨の日、タクシー待ちの列で地下まで人があふれるターミナル駅の、階段付近にいたのが咲良。傘も持たないで途方にくれていた咲良に、そっと折りたたみ傘を差し出したのが、通勤で同じ駅を使っていた市ノ瀬桜ってわけ」

私はその光景を想像して、しんみりと胸に両手をあてる。

「偶然同じ『さくら』の名前を持つ二人であることを知った私たちは、以後お茶を飲んだり咲良が勉強の相談をしたりと、姉妹のように美しい交流を続けていたのよ……」

「お前、そんなボランティア行為やるようなキャラだったのか」

「違うけど。会社行く時にはバス使ってたし」

鹿山が何か言いたそうな顔をしたから、私はいらつきながら続けた。

「そういう設定で行くの！　でないと今の私が、実家に行ける理由なんてないでしょ」

「はいはい、わかっていますよ」

投げやりな感じに言ってくる、そのぴかぴかのウィングチップを踏んでやろうかと思った。

出発を待つ列車に、かわりに乗り込む。

ロングシートの一番端を陣取った私に対し、鹿山は向かいに立ったままだ。

「それで？　美しいお姉様との交流がある日突然途絶え、どうしているか心配していたところに、偶然担任の先生が、彼女の古い知人であることを知る、だったか？」

「そうそう。しかもお姉様が不慮の事故で亡くなっていたという話に涙し、ぜひとも遺影に線香をたむけたいとね」

「先生と一緒に、休日実家を弔問すると」

「完璧でしょ」

わかっているじゃないの。なんにも問題ないわ。

電車がゆっくりと、関東の北へ向けて走り出す。

「うちの実家の方には、連絡してくれてるんだよね？」

「ああ……一応な。用があるのが俺の教え子だって言ったら、おばさん相当驚いてたけど」

「だろうね」

笑いそうになって、ふと思う。

「鹿山って、うちのハハのこと知ってたっけ」

「——忘れたのか。高二の夏に、自転車ごと畑の溝に落ちたの」

「あ、そっか。あの時、鹿山もいたのか」

「いたのかじゃない。自転車引き上げてやったのも、おまえの家まで押して持ってってやったのも俺だ。この俺だ」

なんと。すっかり忘れていたわ。本当に綺麗《きれい》さっぱり。ごめんね鹿山。

「じゃあ、その時以来？　もしかして今日会うなら、ほぼ十年ぶりってこと？」

「あと——お前の通夜《つや》の時に、ちょっと喋った」

私は、一瞬だけ言葉につまった。

お通夜。

「……ふうん……お通夜か。そっかそっか。なるほどね」

そう言って、近くにある中吊り広告を、読むでもなく眺める私に、鹿山があらたまった感じで言った。

「なあ、市ノ瀬。これって本当にここまでしなきゃいけないのか。お前の方が耐えられるのかよ」

「うるさいわね。早くなんとかしろって言ったのは、そっちでしょ」

「別にそんな風には言ってない」

「言ったようなもんでしょ」

出ていける出ていけないの話になった時、私としても考えたのだ。

東京で、咲良の足で行けそうなところは、もうだいたい行って変化はないか試していた。あと残っているのは、桜でしか行けないような場所だけ。

その中でも、実家に里帰りしてみるというのは、私にとってもプライベート中のプライベート。成仏の可能性が残っている気がするのだ。

何せあのあたりは、私の葬式が執り行われた斎場《さいじょう》がある。家の中には仏壇がある。檀家《だんか》になっている寺には、納骨済みの墓までそろっているはずで。

偶然のいたずらで咲良の中に入ってから、後付けの情報として、自分が——市ノ瀬桜が亡くなったことを知った私だ。病室の天井に浮いていた時、息をしていない自分の顔は見たものの、あれが本当に死に済みの遺体だったのか、寝ているのを単に見間違えただけだったのかのすり合わせは、厳密にはできていない。きっと全部が伝聞の聞きかじりなものだから、実感とかそういうものが足りていないのだ。

「いくら私だって、目の前に自分の遺影とお墓があれば、目も覚めるってもんでしょ」

そしてめでたく成仏。そのための実家訪問。文字通りの荒療治なわけ。

(だってのに、鹿山の奴ときたら——)

こいつは私の渾身《こんしん》の計画を聞かされた時、ずいぶんと複雑そうな顔をしていた。

その後も浮かない顔つきは一貫していて、今も私の頭の上で、ばれないようにため息をついたりする。気づいていないとでも思ってるのかね。

「……俺は、お前のタフさに脱帽するよ」

「褒め言葉として受け取っとくわね」

まったく……急《せ》かしたり渋ったり、こいつもなかなか面倒な奴だ。


都心はどこまでも街が続いて途切れないというけれど、電車も埼玉の半ばを過ぎると、ぐっと家が減って工場や畑の比率が増えてくる。

そこに刈り取ったばかりの田んぼなどが混じり始めると、いい案配に故郷の風景になる。東京都心部の影響が、ほぼなくなって宙に浮いた無重力エリア。

栃木と埼玉の県境近く、快速も止まらない小さな駅が、私の実家の最寄り駅だ。

帰ろうと思えばいつでも簡単に帰れる距離だから、逆に足が遠のいていたというのは、単なる言い訳。電話もメールもしていることを免罪符にして、お正月にもお盆休みにも帰らなかったから、この駅に来たのは一年半ぶりだった。

「——うわ、またバスの本数減ってるよ」

私は、バス停の時刻表を見てうめいた。

駅前のこぢんまりとしたロータリーに並ぶ店舗は、相変わらずしょんぼりした寂れ具合だった。確か何年か前に、道路も含めて再整備もしたはずなのに、すでに通勤客用の駐車場と、デイリーヤマザキとパチンコ屋ぐらいしか息をしていない。

そして駅から家の方へ出ているバスは、年々減少の傾向が止まらないようだ。

「何これ、本当に平日の朝と夕方しか動かす気ないってこと？　やる気あんの」

「ないんだろ」

とても率直な鹿山の意見。そうだよね、あったらこうはならないよね。

「みんな車あるから困らないんだろうけどさあ……もうちょっとこう、老人と子供に優しくね……」

そりゃ車が手放せないわけよ。一人一台で国道沿いのイオンが栄えるわけよ。

「それはそうとして、市ノ瀬。見た通り、次のバスが来るのは一時間半後だ」

「そうだよ鹿山。どうする、タクシー会社に連絡する？」

「いや、こっちまで迎えに来てくれる手はずになってるんだ」

鹿山は手元のスマホと、目の前の閑散《かんさん》としたロータリーを見比べている。

「迎え?」

「車内でメールしたし、そろそろ来てもいいはず……ああ、あれだな」

何を言っているんだろうこいつは、と思った。

その鹿山の視線の先に、丸っこいピンクの軽自動車が現れる。ロータリーの入り口から、私たちのいるバス停前に向かって、のろのろと走ってくるのだ。

(あ、あのミラココアは、まさか――)

気づいた私が口の端を引きつらせていると、問題のミラココアが目の前で止まった。止まってしまった。

ダッシュボードの上に並ぶ、チャーリー・ブラウンとウッドストックのぬいぐるみ。彼らを車内に残して、運転席のドアが開く。

「ごめんごめん遅くなって! 道路渋滞しちゃって!」

市ノ瀬芳美《よしみ》、五十八歳!

現れたのは、私の母だった。

小柄で低重心の、ドラえもん体型。耳まで見えるベリーショートは、私が物心ついた頃からほとんど変わっていない完成形と言っていい。スヌーピーグッズと綿百トレーナーを愛し、スカートをはくのは冠婚葬祭のみと豪語《ごうご》するあの母が、そのままの格好で私たちのところに近づいてくるのだ。

「こんにちは、市ノ瀬さん」

鹿山が挨拶《あいさつ》をすると、母・芳美は庭仕事で日焼けした顔を、ニカッとほころばせた。

「やあもう、前に輪をかけてかっこよくなっちゃって！　ほんと桜ったら馬鹿なことしたもんね。今日はよろしく、その子が話してた女の子？」

遠慮のない眼差《まなざ》しが、私にも注がれる。

なんだか初手から気圧《けお》されてしまった私は、蚊《か》の鳴くような声で「こんにちは」と挨拶をした。はからずも咲良らしい反応になってしまったという。

「――可愛いお嬢さんだこと！」

母は一言そう評した。

「ささ、後ろ乗って乗って。つもる話はうちでしましょ」

そのままミラココアの中へ移動するのだが、後部座席はすでにでっかいキッチンペーパーとトイレットペーパーが置いてあって、相当に狭かった。

こちらは置いてあった荷物を膝に乗せたり足下に移動させたりして、肩を寄せ合いながら座席におさまるしかない。

「ごめんねえ、出がけにコストコ寄ってきたのよ。鹿山君知ってる？　最近高速の出口近くにできたんだけど」

「いえ、便利になっていいですね……」

「駄目よお、たまにはこっちにも顔出さないと！」

「恐縮です」

「親孝行、したい時に親はなしってね。そうそう、なんの話だっけ。コストコ。あそこいいわよ！　なんでも大きくてお買い得で」

ハンドルを握りながらもいちいち声が大きくて、押し出しが強くて遠慮がなくて、なんというか『母』だった。びっくりするぐらい市ノ瀬芳美だった。

（体型も一ミリも変わってないよ……）

なんだろう。泣けてくる。芳美を変えるには、娘が死ぬぐらいじゃ足りないのか。ひょっとして、世界の終わりが近づかないと無理なのか。

そうやって市ノ瀬家のトイレットペーパーを抱きかかえたまま、車で十五分の自宅へと向かったのだった。

祖父の代まで農家をやっていたうちの実家は、年季の入った母屋《おもや》の隣に兄夫婦のために建てた家まであって、けっこう広い。

大昔は農耕機具が入っていたであろう納屋《なや》も、今現在はガレージとして使用されている。

母の運転するミラココアが、その納屋に入ってエンジンを切った。

「ごめんなさいねー、なんか荷物持ちみたいなことさせちゃって」

「いえ、問題ないです」

鹿山がペーパー類と、食材の入ったエコバッグを提《さ》げて車を出る。

いつもなら、隣に父のインテグラがあるはずだが、その場所は空だった。恐らく町会の寄り合いかなにかだろう。

母屋の向かいに見える、兄夫婦の家。こちらもカースペースは空だ。家の電気も消えている。

「車《エスティマ》がない……」

「ん？」

無意識の私の呟きに、母が反応した。私は、慌てて付け足した。

「今日は葵《あおい》お兄さんは、おでかけなのかなって」

母は「ああ」と笑った。

「そうよ。お兄ちゃんはお嫁さんと綾芽《あやめ》ちゃん連れて、山行ってる」

「山に……」

「今日は秩父《ちちぶ》の方だったかな。綾芽ちゃんなんて、すごいんだから。うちの孫なんだけどね、自分の足で歩く前に富士山《ふじさん》登ってるから。パパとママに負ぶわれて」

私は初めて聞くような顔をしてみるが、知っている。ものすごく。

山男の兄は、お嫁さんも山で見つけて結婚。生まれた女の子も着々と山ガールの英才教育を施され、各地の登山道に山幼女として出没しているらしい。

葵兄ちゃんの方はともかく、お嫁さんの美和《みわ》さんと綾芽ちゃんには、ちょっと会いたかったなと思わなくもない。

「――桜とは、本当に仲良くしてくれていたみたいね」

「え？」

「葵の乗ってる車のことまで、あなたに話していたんでしょう」

どこか嬉《うれ》しそうに目を細める母に、私もやや言葉に詰まる。

さてどう返そうか考えていると、鹿山が言った。

「市ノ瀬さん。こっちの荷物は、台所の方に持っていくんでいいですよね」

「あ、そんなの別に玄関先に放っておいていいから。お客さんにそこまでさせられないわ」

「いえ、やりますから。失礼します――」

　玄関の中へ、鹿山が荷物と一緒に入っていく。だから私も、一緒について入れた感じだった。

　実家の中は、どこもかしこも私が知っているものであふれているのに、匂いだけが微妙に記憶と食い違った。なんだろう、この変な和雑貨屋にありそうな匂いと首をひねりかけて、気がついた。

（あ――お線香の匂いだわこれ）

　私は鼻をひくつかせる。

　ともかく私はここで、がっつり自分の『死』と向きあうはずなのだ。

「はい円城さん、こっちがお仏壇のある部屋ね」

　そんな感じの母のフランクな案内で通されたのは、一階の北側にある仏間だ。

　お盆の季節ぐらいしか出番がなかった四畳半が、今回いやに賑《にぎ》やかになっていた。

　先祖代々の仏壇の周りは菊の生花で飾られ、仏壇の扉は開いて蠟燭《ろうそく》が灯《とも》っている。そして、黒い額に入った私の写真も、仏壇の手前に飾ってあった。

「四十九日の法要《ほうよう》も、納骨もみんな済んじゃってるからねえ。ここにあるのはあの子の位《い》牌《はい》と、写真ぐらいなのよ」

喋る母の声が、ひどく遠く感じる。

私は救いを求めるように、後ろにいる鹿山を振り返った。嘘だよね。嘘だと言って。

でも彼は、無慈悲に首を横に振る。認めろ市ノ瀬と。

(そんな)

こんな——今より確実に七キロはデブってた頃の写真って！

私はあらためてその遺影に向き合う。あんまりだった。膝から力が抜けて、仏壇前の座布団に正座をした。この頬《ほお》の肉の乗り具合。輪郭《りんかく》の丸さ具合。この写真は、一年半前の里帰りで撮ったやつだ。そうだ思い出した。

まだ転職を決意する前で、職場のストレスで猛烈に太っていた頃。ほっぺパンパンで寿司頬張っている時の家族写真なんて、わざわざトリミングして拡大して使うなよと言いたい。

もっと他にあったんじゃないの？　葬式の遺影だよ？　一生に一度のお式だよ？　親戚とかみんな来たんじゃないの？　最近のでもっとましな写真——送ったことなかったっけ？　あれ、ない？　なかった？　葵兄ちゃんにも？　美和さんにも？　父にも母にも誰にも？

——そういやなかったかもしれない——。

近所の野良猫とか、失敗した料理のネタ写真を送りつけたことはあったけど、自分が写った写真なんて送ったことなかったわ……。

「円城咲良さん、でいいのよね」

一年半前の太った自分に刺された気分になっていたら、輪をかけて太く逞《たくま》しい体型の母が、畳に腰を下ろした。

「どうか詳しく教えてくれない？　桜のこと。どうやって知り合ったのかとか」

「あ……」

それはまあ、当然知りたいだろう。

私は、予期せぬ遺影ショックが抜けきらぬまま、説明するしかなかった。

あらかじめ鹿山と打ち合わせておいた設定——雨の日の駅で出会ったという、一連のねつ造エピソードを、順を追って話した。

「……それで私は、桜さんにとても親切にしてもらったんです。お茶を飲んだり、たまに勉強を見てもらったり」

説明を聞く母、市ノ瀬芳美は、なにか終始うさんくさそうな顔をしていた。

「……私は一人っ子ですけど、お姉さんがいるならきっとこんな風なんだろうなって……」

喋る私の声も、迷いが出てだんだん小さくなってくる。

あー、やっぱり嘘っぽかったかな。

創作するにしても、もうちょっと私らしい嘘とかにしておくべきだったか。腐っても母だしな。

その母は、ため息をついた。

「……なんだかうちの桜の話じゃないみたいだねえ」

そうですか。やっぱりそう思いますか。

せめてカフェで勉強じゃなくて、スイーツ食べ放題仲間ぐらいにしておくべきだったか……。

「でも……もしかしたら、そういうことも、あったかもしれないわね」

驚いたのは、疑っていたはずの母が、案外簡単に前言をひるがえしたことだった。

しかも急に鼻をすすりだして、目からは涙までにじんで、年を重ねた頬をつたっていくから。

「……あの子のことなんて、どれだけ知っているかわからないもの。ちっとも帰ってこなくて」

ちょっと。待ってよお母さん。何それ。

こんなところで泣いたりしないで。

「きっと私の知らないところで、桜だって変わったってことよね。それが知れたってことなんだわ」

違う違う違う。

私はなんにも変わってないよ。騙されないで。ぜんぜんなんにも変わってない。こんなの全部嘘っぱちなんだから。

母が私の手を、両手でつかんだ。

桜《わたし》じゃなくて、私が取り憑いている咲良の手を。

そのぬくもりは、私がよく知っているものなのに、私は『お母さん』と口に出して呼びかけることができない。

「桜は……あの子は葵と違って、昔っから要領が悪い子でね。一度にあれもこれもって沢《たく》山《さん》のことはできないから、パンクしないよう気をつけなさいって、いつも言ってたのよ。そうなる前に休憩もしてって。いつもまともに聞いちゃいなかったけど」

知ってる。聞いてたよ。思い出したよ。

年末のメールに似たようなことが書いてあったけど、忙しいから帰れないって返事をしたのも私だよ。

ちゃんと勤まっているのとか。そろそろいい人いないのとか。幼なじみの〇〇ちゃんは二人目が生まれたとか。身内だからこその痛いこととか、聞きたくなかったから。そんな余裕なんてなかったから。

ちゃんとやってるよって返事をするために、そのアリバイを必死になって積み上げていた。土台がぐらついていることに目をつぶりながら。

ごめんお母さん。帰れなくて。顔見せてあげられなくて。私、本当に疲れていたんだよ。

「ありがとうね、円城咲良さん。桜のことを教えてくれて。仲良くしてくれて。覚えていてくれて、本当にありがとうね……」

本当のことが何一つないし言えない私の手の甲に、母の涙が落ちた。

自分がどれだけ最低なことをしたのか、私は身をもって思い知ったのだった。

＊＊＊

斎場は、国道沿いのふれあいセンター。納骨済みだというお墓の方は、同じ町内にあるお寺さんにあった。

いわゆる『市ノ瀬家代々の墓』というやつである。

お盆やお彼岸《ひがん》のシーズンになれば、それこそ本家の務めなどと言って、家の両親に引っ張られて何十回とお参りに行った場所だった。

家の仏壇以上に遺影も何もない御影石《みかげいし》の墓を前にしたところで、『じいちゃんばあちゃんが葬《ほうむ》られているところだなあ』以上の感慨は、なかなか湧いてこなかった。ましてやそこに、自分の焼かれた骨が納められているなんてとてもとても。

墓誌に新しく刻まれていた『市ノ瀬桜　行年《ぎょうねん》二十七歳』の文字を見ても、何かひどく嘘っぽくて。

そうして再び母のミラココアに乗り、元の駅へと送ってもらって。

人気《ひとけ》のないプラットホームで、帰りの列車の到着を待っているのが、今だった。

「——市ノ瀬」

スマホで半田さんからのラインに返信をしていると、鹿山が缶コーヒーを差し出した。

「自販機に無糖なかったから。砂糖入りで勘弁な」

「……ああ、別にいいよ。ありがとう」

別にどうしてもブラックが良かったわけじゃない。なんとなく喉《のど》が渇いて、なんとなく甘い物が飲みたい気分じゃなかっただけだった。

わざわざ自販機を見つけて買ってきてくれるだけで、十分ありがたかった。

スマホをバッグの中にしまって、缶のプルトップを引き上げる。

ああ、やっぱり甘いわ。

鹿山も横で、同じものを飲んでいる。

「そろそろ飲み終わったか？」

「……飲んだ。今」

「なら、缶貸して。捨ててくる」

鹿山は自分のぶんも含めて、ホーム上のゴミ箱に缶を捨てに行く。

電車の到着まで、あと少しだった。本当に律儀な奴だ。

戻ってきた鹿山に、私は言った。

「それにしてもさあ、鹿山」

「なに」

「私、いま入ってる『咲良』の顔が見えない見えないって、ずっと言ってたじゃない。なに考えてる子なのか、ぜんぜんわからないって」

最初は手がかりもぜんぜん残っていなくて、それこそ鹿山に協力を求めないと、どうにもならない感じだった。

でも、そういうことじゃなかったんだな。なんだか今回の件でよくわかった気がする。

「たぶん……私が思ってるよりずっと、『私』の痕跡《こんせき》を他人にわかるように残すのって、難しいことなんだよ。体重とかもそうなんだけど。てっきりもっと伝わってるもんだと思ってた。まさかあそこまで、自分の親になんにも伝わってなかったとは」

もう笑っちゃうぐらいだ。

文字通りとほほと苦笑している私に、鹿山は顔をしかめた。

「……やっぱり何言われても、こんなこと止《と》めとけば良かった」

「うん、その通りかも。けっきょく芳美を泣かせるだけになっちゃったよ、参ったね」

「そうじゃなくて」

「いい、鹿山。経験者からの忠告。人間いつ死んでもいいように、喪主《もしゅ》になりそうな人のところには、奇跡の自撮りの一枚ぐらい送っときなさいよ。私みたいになりたくなかったらね」

「あのな――もう黙れよ頼むから。聞いてる方が引きたくなるわ」

吐き捨てるように言われて、私も黙るしかなかった。

拒絶の具合としては、十年前の校舎裏で、こいつにヘタクソと怒鳴られた時以上。本当に、うんざりしている感じだったから。

「死ぬだ消えるだ成仏だって、そんな簡単に言うなよ。わかってるのかよ。自分の墓見て仏壇見て、ほれ見ろ死んだ死んだって追い立てて。それでお前、本当に消滅するかもしれないんだぞ。こっちはどう反応していいかわからないだろ」

——そんな風に、突き放して言われてしまうからもう。

私の喉の奥が狭《せば》まって、血の流れが、一気に逆流した感じだった。

「だったら、どうすればいいのよ」

私は前に進んだ。逆にこいつに聞きたかった。

「私が死んでるのは、今さら変えられないじゃない。言わなかったら何か変わるの？　なかったことにできるの？　そうじゃないでしょ？　鹿山だって見たでしょ市ノ瀬桜、行年二十七歳！」

「市ノ瀬」

「そりゃ大した人生じゃなかったわよ。入った会社はブラックで、必死に転職しても大した差はなくて。男とも別れたし夢も希望もあったもんじゃなかったわよ。でも終わるなんて思わなかった。いなくなるか他人の体に寄生するか、その二択しかないんだから今の私は！　あんたとは違うの！　とっくの昔に終わってるのジ・エンドなの！」

「ほんとお前って——」

「触らないでよドン引きするんでしょ!?」

「いいから黙れって」

次の瞬間、手をはねのけようとした私の視界が暗くなった。

鹿山に頭ごと引き寄せられたんだって、遅れて気がついた。

あの鹿山守に抱きしめられていた。

「俺が一番言いたいのは、お前が傷つくから、こんなむりやりなことはやめた方がいいってことだよ。馬鹿野郎」

ホームの柱の陰。上り列車の到着の前に、下りの快速がやってくる。通過していくその電車の視線から、私のことを守るみたいに。隠すみたいに。

やばいよ鹿山。あんた何考えてるのよ。先生でしょう。それこそ誰かに見られでもしたら。

「別に私、傷ついてなんか——」

「泣いてる自覚すらない奴に言われたくないわ」

かぶせるように言われた。鹿山が自分の胸元へ私を引き寄せる力は、想像以上に強い。

意外にしっかりした胸板と、その奥で鳴る心臓の音を、嫌でも知ってしまう。

泣いてる？　私が？

何言ってんのと思ったら、さっきから鼻がぐずついていることに気がついて、むりやり指をさしこんで目元をぬぐったら、指先が濡れた。

（ほんとだ）

嘘。私、いつから泣いてたの。

「死にたくないって思うのも、円城に体を返したいって思うのも、どっちも間違ってない正常な感情だよ。どちらかをごまかそうなんて思わなくていいんだ。それって普通のことだから」

——今度の声は、すごく優しかった。

「市ノ瀬のおばさんに罪悪感があるって言うなら、やらせた俺も同罪だよ。だからがまんするなよ、今ぐらい」

おかげで私は、鹿山の胸に額を押し当てた格好のまま、私の内側にずっと、マグマみたいにこみ上げてきているモノに向き合ったのだ。

「………わたっ、わた、わたし……っ」

逃げないように、目を背けないように。思うほど喋る声が震える。ほとんど嗚咽《おえつ》に近い。

「わたっ」

「なんだ?」

「……私ね、本当になんとかしたいと思ってここに来たの。それは嘘じゃないの。信じて」

母に会った。嘘をついた。

その嘘を信じ込ませて訂正できなかった。

母はずっと感謝していた。泣きながら。また来てねと言って、いない娘のかわりを求めるように、手を握っていた。

誰も彼も泣かせて傷つけて、あげく現実は、何も変わらなかった。

「信じるよ」

「どうしよう鹿山。私、怖いよ」

ずっとこのままなのか。そうじゃないのか。

どちらに天秤がふれても、心はざらりと冷たい砂に触れた。罪のような恐怖のようなそれから、目を背けてしまいたかった。

「……もう一度言うけど、お前は別に間違ってるわけじゃないんだ。無理に結果を急ごうなんてしなくてもいいだろ」

鹿山が言う。泣きじゃくる私の首の後ろから背中へ、ゆっくりとなでる指が降りていくのは、優しくされているみたいで心地よかった。そこから軽く背中を叩いてくれた仕草は、なんだかちょっと私を冷静にもさせてくれた。

「焦らないで……少しずつ？」

「そう、それでいいから」

その台詞、『鹿山先生』の時も言ってたよねとか。

私は息を吸って、少しずつ吐いた。

「……もういい。ありがとう」

「大丈夫か？」

「うん。落ち着いたから。ごめん」

目をこすりながら、鹿山から離れる。

なんとか作り笑いをすることができた。

こいつときたら、あんまり昔通りというか。

「……なんかもう鹿山はね、他ダメダメなのに慰《なぐさ》めることだけうますぎるのよ。また誤解させたいの」

「また？」

「高三の時のあれとか。私けっこう傷ついたんだからね。期待させといて手のひら返されたんだから」

冗談めかして言った私。

鹿山は眉の根を寄せる。でもちょっと私の予想とは違っていて、なんだか昔のことを責められたからというよりは――本気で不可解そうな顔つきだった。

「どういうことだ？」

「だから、高校の時のよ。鹿山って私のこと好きなんだって思ってた。でも違ったでしょ。けっきょくふられたわけだし、私」

夏休みが明けて、夢から覚めるように冷たくされたことは、忘れられない。

「は？」

「はって」

「断ったのはそっちだろ」

今度は私が、泣き腫《は》らした目をしばたたかせる番だった。

「あ、あ、あんた。言うにことかいてそんな」

「八月十八日のやまと公園。二人で灯籠《とうろう》祭り見に行って」

「十八日？」

「あれは俺が悪かったよ。約束通り近づかなかっただろ。それでもまだ足りないって言うのか？」

「何それ。私、そんなとこ行ったことないわよ。誰かと間違えてない?」

私は鹿山に訴える。

「だいたいあの時私、新学期までずっと風邪ひいて寝込んでたのよ」

「でも、行った」

「行ってないって」

「行った」

「行ってない」

「行った」

平行線だった。

ホームの上で、まるで子供のように睨《にら》み合う私たち。その間に、ここまで待っていた電車が滑り込んでくる。

鹿山の髪が煽《あお》られて、私の喪服風のワンピースの裾も揺れた。

風が止んで、ドアが開いた。

「……とりあえず、乗ろう」

「……わかった」

私たちは、言葉少なに電車に乗り込んだ。

行きと同じで、車内に人はそれほど多くなかった。

ロングシートの、端の二つが空いている。だから私は、一番端に腰をおろした。

「鹿山。隣空いて——」

「俺はいい。円城が座ってろ」

あ、こいつ戻った。

見上げて気づいた、目つきの優しさ。

切り替え完了。鹿山君から『先生』になっている。

＊＊＊

自分の骨壺《こつつぼ》がおさまった墓を見て帰ってくるという、およそ余人が体験したことがない大冒険をした翌日にも、朝は来るし登校時間はやってくる。

（月曜日の憂鬱《ゆううつ》ってやつ。みんな一緒よ）

私はそろって浮かない顔の人たちに囲まれながら、満員電車に乗って新京《しんきょう》学園へ向かった。

学校の教室までやってきたら、先に来ていた半田さんが、友達と一緒に手招きをしてきた。自分の椅子に座ったまま、ちょっと来て来てといった感じで、パンダの手が招いてくるわけ。

文化祭の相談だろうか。

「何？」

「あのさ——噂《うわさ》は噂ってことでいいんだよね」

半田さんは、わりと唐突に話が飛ぶことがある。

彼女自身の特徴かもしれないし、女子高生という年代につきものな、気持ちのムラかもしれない。

でも今回ばかりは、ついていけない。なんのことだか、ぜんぜんわからなかった。

「心当たりない？」

「いや、ほんと、なんの話？」

「ほら、やっぱり違うんだよ。鵜《う》呑《の》みにしない方がいいよ」

半田さんは、私ではなく一緒にいる子たちに、小声で伝えていた。

「……なんかあったの？」

「あったっていうか……いい？」

そう言って、もっとこっちに来てと手招きをして、耳打ちをされた。

「柴倉さんたちが、ここだけの話って噂してるのね。円城ちゃんが、鹿山先生とつきあってるって」

――私は、思いきり息を呑みそうになって、ぎりぎりでがまんした。

半田さんは、そんな私に続けて言った。

「職員室で、問題になってるの聞いたって」

4章 祭りは祭り

「知らない」

私はすぐに否定した。

本当に、ほとんど間を置かなかったと思う。

その場で視線を動かせば、柴倉利香《しばくらりか》のグループは、ほぼ全員が教室に登校済みだった。

運動部の子が多いから、朝練で早く来ている子もいるのだろうとは思う。

端にたまって雑談に興じているけど、特にこちらを見たりはしていない。

「……ぜんぜん、心当たりなんてないよ。なんでそうなるんだか」

「うん。たぶんそう言うとは思ったよ。円城《えんじょう》ちゃんらしくないし」

「適当なこと言ってるんじゃないの？」

「のわりには単語が具体的だから。一応、知っておいた方がいいかと思って――」


「――円城さんはいる？」


どきりとした。

なぜかこのタイミングで、教室の戸口に波賀《はが》先生が顔を出していた。

制服ではない、大人のナチュラルスタイルでまとめた格好は、嫌でも浮いて目立つ。

こちらも名指しされた以上、反応しないわけにはいかなかった。

「いますけど……」

「良かった。ちょっと来てくれる？」

ちょっとって何。この微妙な空気をどうしてくれるの。

本気で心配そうな顔の半田《はんだ》さんに、私は「とりあえず行ってくる」とだけ挨拶《あいさつ》をして、先生のところへ向かった。

教室を横切る途中、案の定柴倉さんたちが顔を見合わせて、楽しそうににやついてるのが見えたけれど、今は無視しかない。

廊下で待つ波賀先生に言った。

「何かあったんですか」

「ちょっと、ね。訊《き》きたいことがあるの。ここじゃなんだから、移動しましょう」

そう言って即答はしない。嫌な予感、三割増し。

連れられて行った先は、美術室でも職員室でもなく、生徒指導室だった。

（嫌な予感、五割増し）

ドアを開けて正面に待ち受けていたのは、達磨《だるま》顔の学年主任の先生。あとはなにか管理職らしい、ごま塩頭の人。はいもう嫌な予感しかしません。

本来担任のはずの鹿山《かやま》が、ここまで毛の一本も見当たらないというのがもうね。

「そこにかけなさい、円城君」

主任の先生が言った。

私は、おとなしく腰掛ける。

「朝から呼び出してすまないね。授業が始まる前に、一つ確認しておきたいことがあるんだ。すぐにすむ」

「はい」

「君がその……鹿山先生と交際しているというのは、本当なのかね」

きたわきたわきたわ。

「──いいえ」

私は冷静に、その達磨なご面相から目を逸《そ》らすことなく、否定した。

「教室の子にも聞かれましたけど、違います。つきあってなんかいません」

「こういう投書がね、学校にあったんだよ」

隣の管理職らしい人が、テーブルの上に裏返して置いてあったプリントを、私に見せた。

私は少し──いや、だいぶ驚いた。

それは、メールを印刷した物だった。ヘッダーの送信側のアドレスだけ、ご丁寧にマジックで塗りつぶしてある。本文の『鹿山守《まもる》と円城咲良《さくら》はつきあっている』という、あけすけなゴシック体の文章に加え、添付の画像も二枚目に印刷してあった。

（——昨日の駅でのやつだ）

間違いない。

夕方、鹿山と帰りの電車を待っていた時の。泣いている私の背中に、鹿山が手を置いているところが、斜め後ろの角度から撮ってあった。

私はプリントされた画像から、先生たちに視線を戻す。

先生方は、私がこれになんと言うか、態度を含めて品定めしているような気がした。

もう一度、テーブルに並ぶコピー用紙を見る。じっと見つめる。

落ち着いて見直せば、かなり粗《あら》い画像の写真だった。被写体との距離も、けっこうある。

鹿山の方は、顔もしっかり写って逃れようもなく鹿山だとわかるかもしれない。でも、鹿山の陰に隠れた私の方は、別人と言い張ればいけるかも——。

一瞬だけ迷った。

でも、私をじっと見据える先生方の視線を感じれば感じるほど、それは得策じゃないと本能が告げた。

「確かに……これは私です」

向こうが持っている画像が、これ一枚だけという保証はないから。

変に言い逃れをしたところで、後からもっとあからさまな写真を出されたらアウトだった。

「確かなんだね？」

「私がすごくお世話になった人が、事故で亡くなってしまって。そのお墓参りに行ってきたんです」

「墓参り？　なぜ鹿山先生と二人で？」

「鹿山先生は、その人の高校時代の同級生で、私がお願いして、その亡くなった人のお宅に連れていってもらったんです。家とかどこにあるのか、わからなかったから」

これなら嘘《うそ》は言っていないはずだ。

私はうつむく。

「仏壇にお線香をあげさせてもらって、手も合わせてお寺の方のお墓にも行って……でも帰る頃になったらやっぱり悲しくなって泣いちゃって……鹿山先生をすごい困らせてしまったと思います」

それきり、涙をこらえるように黙り込んだ。

学年主任の先生が、私の話に「どうです、教頭」なんて言い出して、隣の人と相談を始めた。どうもごま塩の人は、教頭先生のようだった。

その教頭の人が言った。

「……その、円城君。顔を上げてくれないか。亡くなった方については、ご愁傷様《しゅうしょうさま》だったね。簡単な事情については、鹿山先生からも聞いているよ」

私は、ゆっくりと顔を上げた。両目に力を入れていたら、自然と涙がにじんだ感じだった。

「君の言っていることは、鹿山先生の説明とほぼ一緒だ。偶然この場を見かけた人が、状況を誤解して投書した。そういうことなんだろう」

そうか、あいつもか――。

やっぱり私が呼ばれたのは、鹿山の証言の裏取りだったのだ。

なら変にごまかさなくて良かったと、心の底から思った。ここでとぼけたり、鹿山の証言と食い違っていたら、二人そろって疑いが晴れないところだった。

「ただし君たちがやったことは、周囲が誤解するような行動だった。そこは素直に受け止めて、反省した方がいい。誰が見ているかわからないんだからね。わかるね」

「はい。すみませんでした。もうしません」

私は教頭先生にも、学年主任の先生にも頭を下げる。

「けっこう。授業に行きなさい」

私はまだにじんでいた目尻の涙をぬぐいながら、立ち上がった。

心配したらしい波賀先生が、一緒に付き添って生徒指導室を出てきた。

「大丈夫？　びっくりしたわよね」

差し出されたのは、白いハンカチ。

この人は優しい。綺麗《きれい》だしかっこいい絵も描くし。

でも、けっきょく鹿山との仲を疑った一人なのかと思うと、少々げんなりしてしまうのも確かだった。

鹿山も哀れだ。今は人妻とはいえ、好きだった人だろうに。

「……本当につきあってなんかないのに」

ハンカチは受け取らずに、疲れた声で呟《つぶや》いた私に、先生は「わかってるわ」とうなずいた。

「そんなことあるわけない。先生方だって本音はそうよ」

じゃあつつくなよと思ってしまう。

「ただね、ああいう投書が来た以上、確認しないっていうわけにもいかないのよ。お墓参りに行っていたなんて、こちらじゃわかりようがないんだから」

そうですね。私の方は、そのせいで朝から疲労困憊《こんぱい》だ。

「鹿山先生にも悪いです。迷惑かけて」

「それは大丈夫。あなたが気にしなくてもいいから」

ああなんかもう――いろいろグシャグシャだ。

「大事な方だったそうね、その女性」

「はい。すごく」

波賀先生は、私の投げやりかつ捨て鉢《ばち》が入った返事を聞いて、感慨深そうに息をついた。

「円城さん、雰囲気変わったわね」

変わった。確かに中にいる人は変わっている。

でもちょっと待ってとも思う。

「……先生が知っていた円城咲良だって、どこまで本当かわかりませんよ」

やさぐれてこんな皮肉を吐く私に、先生はやや傷ついたような顔をした。まあ、わからなくてもいいけどね。

そしてこんな形で先生いじめをしてしまう自分にも、うんざりしてしまうのだった。

教室に戻ると、ちょうど一時間目の授業が始まるところだった。

よりにもよって、鹿山の担当する世界史。

「始めるから入りなさい、円城」

白衣姿の鹿山が、教卓の上で淡々と言う。

私はみんなが起立しているところに交じって、礼をして席についた。特に一部の人たちの、妙に意味ありげな視線は気にしないよう努めた。

「まずは、この間の小テストの返却からな。出席番号順なので取りに来ること――」

使う教科書とノートを準備して、ペンケースのファスナーを開けたところで、後ろから何かが飛んできた。

(メモ?)

可愛《かわい》く折りたたんだルーズリーフだ。少し覚悟をして広げてみれば、半田さんの署名入りで『無事かにゃ』と書いてあった。パンダが大好きなタイヤも描いてあった。

この電子機器全盛の時代に、なんと古典的な。

でもそうだった。私の頃でもメールはメールだったし、メモはメモだった。

優しくされることは、なんにしろ嬉《うれ》しい。

私は半田さんがくれたメモに『無事。心配してくれてカンシャ』と書き付けて、輪をかけて複雑な折り方をして、後ろの子に回してくれるよう頼んだ。

本当に、教室の通信網というやつは独特だ。こうやって周りを見回してみても、教科書を壁にしてフリック入力にいそしむ子もいれば、新しい手書きのメモが、人海戦術や投擲《とうてき》によって届けられていたりもする。

「円城」

教卓の鹿山が、椅子《いす》に座ったまま、私の名前を呼んだ。他の生徒に対してと同じように、プリントの名前欄から、いっさい視線を動かさない。

私は立ち上がって、自分の採点済みのテスト用紙を受け取って戻ってくる。

「次、奥田《おくだ》――」

テストの点数は、なんというか冷や汗が出るレベル。

どの教科もそつなく平均以上を取っていたという、元の咲良さんのことを思えば……ジャンピング土下座をしないといけないかもしれない……。

(ごめん、咲良。これでもがんばっているんだ……！)

次までにはもうちょっとなんとかする。

私は心の中で謝って、戻ってきた小テストの間違いを見直そうとして、気がついた。

――本当に、教室の通信網は独特だ。

返却されたテスト用紙の端に、明らかに私のものではない字で『放課後　教室棟の上』と書いてあった。

(──アルヴァマー序曲)


学校の中というのは、案外と色んな音で満ちている。

私がそのことに気づいたのは、いつだったろう。

こうやって教室棟の屋上に座り込んで、四方八方から聞こえてくる音に耳を澄《す》ましていると、時間も距離も方角も、全部曖昧《あいまい》に溶ける気がする。

いま鳴っているのは、バーンズの『アルヴァマー序曲』。これは金管《きんかん》、特に私もやっていたトランペットが目立つ曲で、出だしのぱっと踏み出すような軽快なファンファーレから、ほぼ出ずっぱりで主旋律を担当する。ただし真面目なパート練習というよりは、トランペット吹きの趣味か何かかもしれなかった。いきなり三回ぐらいソロが繰り返された後、ぶつ切れで何も聞こえなくなったから。

「……悪い、遅くなった」

かわりに、すぐ近くで人の声がして、私は閉じていた目を開ける。

白衣の社会科教師が、コンクリートに体育座りをする私のことを、西日の逆光の中で見下ろしていた。

別に驚きはしない。人目に触れないテスト用紙に、あんな文句を書き付けられるのは、普通に考えてこいつしかいないし。

「ほんと遅いよ。咲良が冷え性になったらどうしてくれるの」

「だったらそんなとこに座り込むな」

「立ち上がったら、特別棟の窓とかから見えそうな気がしたから」

鹿山は慌てて、自分の背後を気にしている。今さら遅いよ。

「ま、いいんじゃないの。こうしてるぶんには、見えても鹿山一人しか見えないよたぶん」

「そうだな……とりあえず、面倒なことになったみたいだな」

鹿山はあらためて、ため息をついてみせた。

面倒というのは、朝の呼び出しその他についてだろう。

「鹿山も、けっこう絞られた感じ？」

「絞られたもなにも。出勤早々校長と教頭に呼び出されて、事態の説明と釈明を求められたよ。青筋たてられながら」

「うわ」

「答えようによっては、免職コースも視野に入ってる感じだった」

私は言葉もなかった。社会人的にそのコースは死ぬというか、生きた心地がしなかったでしょうよ。

「市ノ瀬《いちのせ》の方で話を合わせてくれて、助かった。いま俺の首の皮が繋《つな》がってるのは、市ノ瀬のおかげだ」

「そんなのたまたまだよ……」

あらためて私たちは、危ない橋を渡ったことを痛感した。

「まさか撮られてたとはな」

「チクリのメール、誰が送ってきたか聞いてる？」

「いや。学校の代表アドレスに、匿名《とくめい》で送られてきたらしい。それ以上は俺も教えてもらえなかった」

鹿山は考え込む。黒く塗りつぶされていた、送信者アドレス。たぶん鹿山も同じものを見たのかもしれなかった。

「代表アドレス自体は、ホームページにも広報パンフにも載ってるものだがな……」

「私さ、やったのは柴倉利香たちだと思うんだよね」

「柴倉が？　理由は？」

「今でも悪口の手紙とか、入ってたりするのよ、私の下駄箱。全部無視してたけど」

「紙に馬鹿と書いて校内の下駄箱に投下する手間と、片道一時間半の電車に乗って、決定的写真を撮ってメールする手間じゃ、時間もコストも違いすぎると思うが」

「じゃあ誰」

焦《じ》れて尋《たず》ねた私。鹿山は即答しなかった。

「……ともかくそっちについては、俺の方でも調べてみるから待ってくれ。それより俺が言いたいのはな、市ノ瀬」

うん、何。

「こういうことになった以上、この距離で会うのはしばらくやめた方がいいと思う」

私は、そう言った鹿山の顔を、まじまじと見上げてしまった。

――会わない。

こいつが言っていることは、たぶんまっとうだ。一対一では会わない。社会科準備室にも入り浸らない。こんな風に知った顔でため口なんてきかない。疑われるような行為を慎《つつし》む。この状況では当然だろう。リスク回避。

でもなんでだろう。面と向かってあらためて言われると――。

「うん。私もそう思うよ」

「ごめんな。焦るなって言っときながら、側にいてやれなくて」

鹿山の声は、本当に染みいるぐらいに優しかった。

この声から切り離されて一人になるんだと思ったら、無性に寂しさがこみあげてきた。

(やばいな)

泣くなよ、私。

「ノープロブレム。大丈夫だから」

「強いよな、市ノ瀬は」

彼は小さく苦笑しながら、白衣のポケットから紙片を取り出し、私に渡した。

プリントに書いてあった字と同じ字で、十一桁《けた》の数字が書いてある。

「何?」

「俺の携帯の番号。どうしてもやばい時は、こっちに連絡くれ」

「……いいの?」

「良くはないだろうけど、まあ、安心代だ」

またまた。そんな男前なこと言っちゃってねー、あなた。実際かかってきちゃったら困るんじゃないの?　違う?

茶化したくなるけど、がまんした。

ありがたくいただく。

「お守りにするよ」

「それじゃあ、な」

鹿山はそう言って右手を軽く上げると、屋上のコンクリートから動かない私を置いて、建物の中へと歩き出す。

白衣の足下から伸びる影が長いのは、夕方で秋だからだ。

寒さが身にしみてくるのは、その秋もそろそろ終盤だからだ。

（飛行機雲だ）

上を見れば涙がこぼれることもない。

晩秋の空は高くあかね色に透き通って、私の心に針を刺す。

またどこかで鳴り始めた金管の音色を聞きながら、私は——一人になったのだった。

＊＊＊

新京《しんきょう》学園の文化祭は、十一月の頭、金曜と土曜の二日間に開かれる。

都心も都心の狭い敷地の学校だけど、この二日間はお隣の付属中学と合わせて狭いハコの中をめいっぱい飾り立て、おもちゃ箱かびっくり箱もかくやという変化を遂げていた。

私のところのクラスは、ホラー喫茶『走るゾンビ』をやるそうな。

このお店の名前、もう少しなんとかならなかったのだろうか。などと苦言を呈《てい》した私に、半田さんは呆《あき》れ声で反論した。

「なにが不満なのよ、円城ちゃんてば。じっさい午前と午後でゾンビが走るパフォーマンスもあるっていうのに」

「……いや、うん、そうなんだけどね……」

「ほら、動かないでよ、前向いて顎《あご》引いて。でないと線がよれちゃうでしょ。口裂け女になっちゃう」

別にそれでもいいんじゃないの、と思わなくもない。

文化祭の本番まで、あと三十分に迫っている。今はどのクラスも、最後の準備に追われている感じだ。

私は教室の後ろをカーテンで区切ったバックヤードにて、店に出るための『仕上げ』をしてもらっているところだった。

紛糾《ふんきゅう》につぐ紛糾の果てに着ることになったコスプレ衣装は、なんと白のナース服。

笑うな。ナースキャップとナースサンダルも付いた、看護師さんのあれだ。そこに半田さんが縫合跡《ほうごう》だの血痕《けっこん》だのを描き込んでくれることによって、ゾンビナースになる。ゾンビの看護師って何、と突っ込んではいけない。

半田さんの方は、すでにパンダから黒猫に変身済みだ。以前に私が縫《ぬ》ってあげた、あの黒猫ワンピのウェイトレス。あれにブルーのカラコンにボーダーのニーハイソックスを合わせた姿は、ＬＬサイズだろうと堂々として立派だ。ミニ丈のスカートから、ワイヤーで角度をつけた鉤《かぎ》しっぽがちょろっと覗《のぞ》くのも可愛らしい。

この装《よそお》いをお揃《そろ》いで着るか、ゾンビナースになるかの二択を迫られ、私はナースを選んだ。猫耳を付けることに比べれば、ナースキャップをかぶって口から血を流した方がまだ心の出血が少ないと考えた私を、誰が責められようか。

「よし、こんなものかな。はい円城ちゃん自分で鏡見て」

「……顔色わる……」

「それはそういうメイクにしたんだしね」

顔つきもいい感じに辛気くさい。内面の気鬱《きうつ》が顔に出ている。

「聴診器首にさげて、注射器とメニュー表挟んだバインダーは？」

「持った……」

「おお、雰囲気出てるね。さすがクールだよ円城ちゃん」

拍手をされても、私は笑わない。ゾンビナースだから。

「菜々子《ななこ》ー、あたし始まる前に、写真撮りたい」

隣で小悪魔の扮装《ふんそう》をしていた子が、振り返って言った。

こちらはまた真っ赤なボブのウィッグに、黒のボディスーツ。猫っぽく跳ね上げたアイラインが入ると、もう完全に別人だ。いつもは黒縁眼鏡をかけて、漫画大好きの地味な感じの子だったのに、まあ化ける化ける。

「そうだね。せっかくだから、今のうちに三人で撮るか」

――へ？

半田さん、その『三』って数字はどこから？　バインダーを持った私の手をナチュラルにつかまえて、バックヤードを出ていくって――嘘ぉ！

廊下に出ると、半田さんはきょろきょろと辺りを見回して、「あっ、鹿山先生！」と破顔した。

「いいところに来た！　ちょっと写真撮ってくれませんか！」

私はノーと叫びたかった。

やめて、お願い、勘弁して。

思わずバインダーで顔を隠す私をよそに、半田さんに呼び止められた鹿山が立ち止まる。

「お、準備できたのか三人とも」

「そうです。可愛いでしょう」

「可愛いなすごく。撮るならどこで撮るか？」

見え透いた嘘つくなよ、ええかっこしいが。絶対に呆れ果ててるの、わかってるんだからね。

疑心暗鬼の私をよそに、鹿山に写真を撮ってもらうことになった。

廊下の端に三人並んで、まずは黒猫な半田さんのスマホで一枚。続けて小悪魔ちゃんのでもパチリ。

「あ、なに、写真撮ってんの？」

途中で男子に見つかって、記念撮影の人数はどんどんと膨れあがった。

中には私がお断りしたはずの田中《たなか》君もいて、彼はセーラー服を着た女装ゾンビだった。似合ってはいるけど、もうB級ホラー映画なみの節操のなさだった。首にリードをつけた犬ゾンビや、トイレットペーパーを巻いたマミーゾンビもいた。

「——円城はどうする？」

スマホをとっかえひっかえ何枚も撮っていた鹿山が、私に向かって言った。

私のスマホでは撮らなくていいのかと聞きたいらしい。

「……私は、荷物ロッカーだし……」

「なら待っててやるから。早く取ってきなさい。記念だろう」

朗《ほが》らかに笑いかける鹿山に、馬鹿野郎と言いたい。孤立気味の生徒を気遣《きづか》う優しさを見せてくれたところで、嫌みだろと私は思った。

仕方なく少し離れた場所のロッカーへ走って、自分のスマホを持ってくる。

鹿山に手渡す時、自嘲《じちょう》に走って呟いてしまう。

「いやもうほんと、年甲斐《がい》もないことしてすみません……」

「――何言ってんだか、高校生だろう」

その屈託のない噴き出し方を見て、私も遅ればせながら悟ったのだ。

ああ、そうか。

そういうことか。体験して腑《ふ》に落ちる自分がいたというか。

こいつは――嫌みでもなんでもなく、本当に私のことを一生徒、新京学園に通う普通の高校生として扱うと決めたんだな。いつどんな場面で、どれだけ距離が近かろうと、そのスタンスを崩す気はないんだな。

徹底してるな。すごいな。

「はい、撮るぞ」

――寂しいな。

(うえっ)

最後に出てきた感情に、自分で驚いてしまった。

今のなに？　本気で？

鹿山から、撮り終わったスマホを返してもらいながら、己の胸に手をあてる。実際は咲良の胸だけど。

「なあ円城、次、一緒に撮らないか？」

田中君が何か言っていても、ほとんど頭に入ってこない。

(えええ……)

どうした自分。どうしよう自分。私、かなり変だ。


――車が走っている。わりとひっきりなしに。

三カ月だけ勤めた会社近くの、バス停留所。そこから駅へと向かう二百メートルの間に横たわる、交通量の多い二車線道路。かつて私はここ<ruby>で死んだ。

一時は信号のところに、冥福《めいふく》を祈る花や線香が沢山《たくさん》たむけられていたこともあったけれど、今は水の入ったワンカップが、一つ置いてあるだけ。あれ、ゴミなのかな。それとも私に飲めってことなのかな。

(日本酒はあんまり好きじゃないんだけど。飲み合わせ間違えると、頭痛くなるから)

どうでもいいことばかり考えてしまうのは、自分が集中できていない証拠だった。

咲良の体で退院できてから、初めの頃はよくここに通った。

自分が――市ノ瀬桜《さくら》が死んだ事実を確かめるために。

あと、どうにかしてこの体から抜け出せないか、試行錯誤《さくご》するために。

夜中に事故地点の横断歩道に横たわってみる、などという相当な無茶もした。私なりに必死だったのだ。

あの愚直《ぐちょく》なまでの必死さが、時間とともに薄れてしまったことは、今さら否定しようがなかった。本当に咲良に申し訳ない。

私は不真面目で強欲で、他人の体でのうのうと呼吸をしている意地汚い女だ。

でも、いくら生に貪欲《どんよく》な死にぞこないでも、この状況で恋をするというのはどうなのだ。不謹慎にもほどがあるだろう。

走る車を何度見送ろうと、私のローファーの足は棒のように固まって動かない。頭の中では脳内会議が紛糾している。

議題はたった一つ。

——惚《ほ》れてしまったのか。

——好きになってしまったのか。あの男を——。

（やめようよもう）

なけなしの理性と良心が、ケダモノみたいな本能をいさめ続けている。

こんなはずではなかったのだ。こんな風になりたいわけではなかったのだ。いずれは体も返す身なのに、いったいどうしてこうなった。

ほら、思い出して。ここに通い詰めていた頃の初心を取り戻すの——。

「——君、ちょっといいかな」

いきなり後ろから、二の腕をつかまれた。

驚いて振り返ったら、制服の警官だった。

「こんなところで何やってるの」

私は呆然《ぼうぜん》と、詰問《きつもん》口調の警官の顔を見上げてしまった。

「通報がね、あったんだよね。車道の前で、何時間も立ってる学生がいるって」

喋《しゃべ》っている人の、背景。そこに広がっている、空。夜だった。

とっくに日が沈んで、夜になっていた。

そんなに『何時間』と、言われるだけの時間がたっていたのか。

「……私、死にそうに見えましたか？」

「何かしそうな感じには見えたよ。傍目《はため》にはね」

そうか――。

ため息をつくと、悲しくて涙がにじんだ。

「……消えてしまいたいって思ったけど……できませんでした。怖くて」

「そりゃそうだろう。思いとどまってくれて良かった」

良くないよちっとも。

怖かったのだ。ここで消滅したらあいつに会えなくなる。ただそのことが怖くて怖くてしょうがなかった。身がすくんで何も考えられなくなるぐらい。

「コーヒーでも飲んで、一晩寝て運動しなさい。普通にしてても、事故で亡くなることもあるんだから。前にもそこで人が撥《は》ねられてね――」

何かもう――認めるしかない。

ごめん咲良。会えたら何千回でも土下座する。それで許してくれるかも、わからないけれど。

でも私、消えるのが怖いと思ってしまった。鹿山のことが好きだって、今さら取り消すこともできなかった。

＊＊＊

ちゃんと自分から人を好きになったのって、いつ以来だっけ。

真面目に指折り数え始めたら、わりと青ざめる結果になったので、深く考えることはやめた。

とにかく久しぶりの『片思い』状態に突入してしまったようだ。

最低限の仁義として、最初に決めたことがあった。

好きになってしまったものは、もう仕方がない。だがこの身で成就を目指そうとはするな。告白は厳禁と。

相手は通っている高校の先生なので、いやがおうにも顔は合わせる。授業やホームルームのたびに動揺し心拍数を上げ、それを悟られないよう努める日々は、ベタな片恋パターンにどっぷりつかっていると言えなくもなかった。

いずれ終わりがくること前提の、冥途《めいど》の土産《みやげ》程度に思っておけば、多少のうるおいや片恋もありと言えばあり――そんな風に自己暗示を、もとい折り合いをつけてみたのだった。せいぜい味わえ。今だけだからこんなもの。そんな感じで。

とはいえ、全てがバラ色、楽しいことばかりでもなかった。

何年何組のだれそれさんが、鹿山先生に告白したらしいよなどという情報も、こちらの精神状態が変われば、受け止め方もだいぶ違う。

「――えっ、嘘。言っちゃったの？　マジで？」

「らしいよー。茜《あかね》も本気だったたっていうから」

体育の後の更衣室。自分の背後でこんな話をされてしまうと、どうしたって耳をそばだててしまう。たとえそれが、噂《うわさ》好きの柴倉利香グループだったとしてもだ。

「で、返事はどうだったの？」

「というか鹿山さんあれでしょ。サダコと――」

「別れたでしょ。あんな揉《も》めて呼び出されたなら続けられないって」

私は、目の前のスチールロッカーの扉を、乱暴に閉めた。

「そういう話やめて」

振り返って言ったら、彼女たちはお互い目を見合わせて、くすくすと笑い出した。

「ごめんねえ」

「聞きたくないよねえ。ほんとうっかりしてた」

以前にあったあのノリだ。君たち、もう何をされたのか忘れたのか。

私は鳥頭な彼女たちのすぐ隣にあるロッカーを、上履《ば》きで思いきり蹴《け》り飛ばした。『ボレロ』の最後に鳴るドラみたいな、ものすごい音がした。

「――すっごい不愉快だからやめて」

声だけは冷静に求めたら、噂をしていた三人は、蒼白《そうはく》になってうなずいた。わかればいいのだ。


大丈夫、あいつ生徒とは絶対恋愛しないから。クビ超怖いから。

そんなお題目を脳内で何百回も唱えて、それでも万が一のことを考えて一人で不安になって落ち込む様は、馬鹿じゃなかろうかと思う。そして思っても止められないのだ。

（……そう。仮に好きになるならこっちの方……）

鹿山と波賀先生が、職員室前の廊下で立ち話をしていた。

頼まれて体育倉庫の鍵を返しに来ただけなのに、こんなもの見たくなかったというか。

波賀先生が、笑って口元をおさえる。そのまま気安い感じで、鹿山の白衣の胸を軽くついた。つかれた鹿山は、それでも目を細めて波賀先生の話を聞いていた。

（誰だよ）

私の時みたいな、遠慮のかけらもない毒舌なんて、いっさい出てきそうにない。全てに平等に接する、受け持ちの生徒への対応ともまた違う。それはやっぱり対等な、大人の女性へのふるまいだった。

たとえ別の男性《ひと》と結婚済みだろうと、鹿山の好みの傾向は、基本このあたりなのだろうなと思う。

だから美術の時間がやってくるたびに、私は恨みがましい視線の一つも波賀先生に投げてしまうのだ。心が狭いのを自覚しながら。

目の前の花瓶《かびん》を描くよりも、私が気になるのは彼女の方だった。

「……円城さん、どうしたの?」

「いえ、何も……」

最近の波賀先生は、噂によると体調を崩し気味らしく、少し痩《や》せた。できあがるか微妙だった油絵も、けっきょく文化祭の展示には間に合わなかったそうだし。

それでも憂《うれ》いや儚《はかな》さといった美点は、むしろ前より増している気がして、女としては非常に羨《うらや》ましいのも確かだった。

儚さ……儚さか……死んだはずなのにドスコイ居残っているのならここに一名……更衣室のロッカーへこませたの誰かって、いまだに言われてるし……。

ため息が出た。

「円城さん？」

「……ほんと気にしないでください……」

たっぷり二コマ、穴が空くほど見つめ倒してしまったせいか、意味がわからない波賀先生はだいぶ消耗《しょうもう》していた。ごめんなさい。


——仮に『咲良』ではなく『桜』であったとしても、厳しい恋だったかもしれないけれど。

（どうしよう鹿山。私、すでにやばい感じなんですけど）

まずい。

これは非常にまずい。

風呂上がりの部屋着姿で、私は危機感をつのらせる。

何が冥途の土産だ。何が多少のうるおいだ。お前という女が、こんなに煩悩《ぼんのう》に弱い奴だとは思わなかったぞ。

予期せぬ鹿山片思い状態に突入して、幾星霜《いくせいそう》──などと大げさなことを言うほどたってはいないかもしれない。でも心の飢《う》えは大変なことになっている。

もう奴に絡んでいる女子生徒に嫉妬《しっと》するのも、波賀先生を遠目に羨むのも疲れた。

最近はいるはずのない近所の駅や雑踏に、それらしい人影を見つける病気まで発症してしまった。

(馬鹿じゃないの？　あんなところに鹿山がいるはずないでしょ)

日曜日の夕方だった。学校とも奴の自宅マンションとも縁のない、円城咲良の地元駅前に鹿山守がいてたまるか。

まともに振り返ってしまって、円城夫婦と外食に行く途中だったのに、顔をおさえた自分がいた。

──誘惑は、いつも私の目の前にあった。

このどうしようもない飢えとか欲とか不安感とかを、手っ取り早くどうにかする方法。

「……かけるか……ここに……」

私の手元には、以前に鹿山から貰《もら》ったメモがある。鹿山の字で、鹿山の携帯の番号が書いてある。

直通電話。

話せばちょっとは落ち着く気がする。

向こうもどうしてもやばくなったら、かけてもいいと言っていたし――。


「いやいや、そうじゃないでしょ！」


あと少しで充電中のスマホに手を伸ばしかけた私は、我に返って自分の右手をおさえた。

やばいの意味が違う。ぜんぜん違う。向こうはそういう意味で言ったわけではない。

（……危なかった。踏み出したら最後だった……）

私はベッドに倒れ込む。そのまま寝返りを打って、危ういところで魔道に堕《お》ちなかった自分を褒《ほ》め称《たた》える。それでもだいぶ低いところにいる自分を嘲《わら》う。

本当にもう、己の情動ぐらい自分でなんとかせいと言いたい。もういい年なんだから。

これではこじらせた女子高生、いや女子中学生だ。

どうせ成就するはずのない恋。だからこそ、せめて味わうだけと決めたんじゃなかったの？

それでもついつい考えてしまう。これがどの段階だったら、まだ芽はあったのかって。

少なくとも、自分が死ぬ前なのは確か。これは絶対に外せない。

お互い東京で働いてきて、大学は地元と県外に分かれて。

――やっぱり高校か。

どうしても分水嶺《ぶんすいれい》は、ここになってしまう気がする。最初に二人が会った場所。

三年通ったところで、ものにはならなかったわけだけど――。

(え、でも、ちょっと待ってよ)

私は、脳内で待ったをかける。

何か前に鹿山、言っていなかったっけ？　断ったのは私の方だとか。

んなわけないだろデコ助野郎、と単純に思う。しかもあいつはそれに加えて、八月の灯《とう》籠《ろう》祭りに私と行ったと、強硬に主張していた――。

「行ってないって」

私は同じ言葉を繰り返す。

灯籠祭りは、うちの地元でお盆過ぎにやるイベントだ。でもあの頃私はひどい夏風邪をひいていて、寝たり起きたりを繰り返していた。

だから鹿山の言うような場所には絶対に行けない。行っていない――はず。

「…………」

本当に行ってないよね。

疑問を差し挟んだら、ますます気持ちが悪くなってしまった。自分の輪郭《りんかく》が、うまく定まらなくなったというか。

しばらくもぞもぞしていたけれど、だんだん耐えきれなくなり、

「ああもう！」

私はベッドから起き上がる。

情緒不安定。女子中学生。なんとでも言え。

机の上で充電中の、スマホをもう一度取りに行く。

――十年も前のことなんて、今さら証明のしようがない、と思っていた。でも実は、方法がまったくないわけではないのだ。

＊＊＊

とにかくこの気持ち悪さをどうにかしたい。ただその一念だけでここまで動いてしまった、己の行動力がちょっと怖い。

（そろそろかな）

私が閑散《かんさん》とした駅前ロータリーで待っていると、見覚えのあるミラココアが近づいてきた。

ちょうどぴったり、私の目の前で停車するので、私は助手席のドアを開ける。

「……こんにちは。あの、今日はお世話に——」

「なあに水くさいこと言ってるの円城さん！　もー、こっちはいつでも大歓迎なんだから。さ、早く乗ってドア閉めてドア！」

「は、はい」

「はい出発！　安全運転ってチャーリー・ブラウンも言ってるから！」

運転席でハンドルを握っているのは、まあご覧の通り母の芳美《よしみ》だ。

思い立ったが吉日というか、もう一度お会いできませんかとメールを出したのが、日曜の夜。で、こうして翌週の土曜日には、実家に行く算段ができていた。

「鹿山君は元気？　今日は来られないんでしょ」

「はい。そう何度もお願いはできないんで……」

「まあねえ、お休みだしねえ。彼も忙しいんでしょうねえ。若いんだしデートの一つもしなきゃだろうし」

「………さ、さあ。どうなんでしょう……？」

「まったく、うちの桜もうまいこと立ち回ってたら、今頃はお嫁さんぐらいにはなれてたのかしら、なんてね。あははは」

「あははは……」

私、乾いた笑いしか出てこない。あいつがオフの日に何をしてるかなんて、私の方が知りたいぐらいだよ。

そのまま母の運転する車は順調に家路をたどり、かつて納屋《なや》だったガレージへとたどりついた。

するとまだ車を降りる前だというのに、髪を二つ結びにした幼稚園児が、こちらに突進してきた。

「──うぅおおお、おばーちゃん、おかえり！」

噂の山幼女こと、市ノ瀬綾芽《あやめ》ちゃんだ。うちの兄の子供で、私の姪《めい》っ子。

運転席を降りた母に、「どしーん」と自分で擬音をつけてしがみつく。

「はいただいま綾ちゃん」

「おかえりー」

受け止める母の目が、笑いすぎてなくなっちゃいそうだ。

それにしてもなんというか……でかくなったね、綾芽ちゃん……。

写真や電話で近況は知っていたつもりだったのに、目の前に現物を持ってこられると、サイズ感に驚く。幼女の成長やばい。

その綾芽ちゃん、母の他にも客人がいることに気づいた模様。つまり私のことなわけだけど。

「……さくらちゃん？」

――え？

「あらっ、もしかして綾ちゃん、誰かから聞いた？　そうよ、この子もさくらちゃんって言うのよ。円城咲良ちゃん。桜おばちゃんのお友達で」

「……さくらちゃんは、さくらちゃんだよね……？」

綾芽ちゃんは、母の腹にセミみたいにしがみついたまま、不思議そうに首をひねっている。

ちょ、ちょっとやめてよ。まさか子供と猫は霊が視《み》えるとか、そういうの？

なんとなく、疑惑の眼差《まなざ》しとしか思えないものを受ける私は、そそくさと一礼してガレージを出る。まさかね……うん、気のせいだよね……。

兄の方の家では、その兄が車を洗っていた。

今日は、大好きな山には行っていないらしい。私たちに気がつくと、ホースの水を出しっぱなしにしたまま、のそりと会釈をする。あのね兄ちゃん、そうやって蛇口《じゃぐち》全開にしてると、また美和《みわ》さんに怒られるよ。

綾芽ちゃんは、母にじゃれるのをやめて、今度は葵《あおい》兄ちゃんで遊ぶことにしたようだった。

母屋《おもや》の玄関から、母と一緒に家の中へ入る。

「どうする、まずは桜に挨拶していく？」

「え、私に……？」

「ほら、お仏壇」

「あ、そ、そっちですか」

「そうそう。なんだかややこしいわねえ、名前が一緒だと」

母はけらけら笑っているけれど、自分が仏になっている自覚が決定的に足りない私は、なおさらややこしかった。

仏間の仏壇に、前と同じように手を合わせる。以前は少し違和感があった線香の匂いも、二度目だからかそれほど気にならない。順応してどうするという話ではある。

一息ついたところで、母が茶菓子とコーヒーを持って、仏間に入ってきた。

「聞きたいことがあるって、言ってたわよね。円城さん」

「はい。桜……さんのこと」

母は「よっこらしょ」と、太く逞《たくま》しいドラえもん体型を座布団におろす。

「考えてみたら、前はあなたから話を聞くばっかりで、こっちからはぜんぜんだったわね。ごめんなさいね」

「いえ……」

「それで、何？　私でわかることなんて、昔のことだけだけど」

その昔のことを聞きたいのだ。

十年前の夏、私が何をしていたのか。あるいはしていなかったのか。

「本当にささいなことなんですけど……いいですか？」

「いいからいいから。遠慮しないで」

私は、言葉を選びながら口を開く。

「……八月の灯籠祭りって、なんのことだかわかりますか？」

「灯籠祭り？　やまと公園の？」

「場所はわからないんです。地元のお祭りか何かですか？」

「ええそうよ。このへんで毎年やってるのよ。ちょうどお盆過ぎあたりに。桜が言ってたの？」

私はうなずいた。

嘘を重ねることは心苦しいけれど、ひとまずはそういうことにする。

「前に、桜さんが言ってたんです。浅草《あさくさ》のお祭りや隅田川《すみだがわ》の花火もいいけど、私が好きなのは灯籠祭りだって」

それを聞いた母は、ぷっと噴き出した。

「――いやだ、あの子ったら。そんな見栄《みえ》張ったこと言ってたの」

「見栄なんですか？」

「じゃなかったら、地元のひいき目ね。そんなテレビに出るようなお祭りに比べたら、大したものじゃないわよ。雰囲気はちょっとしたものだけど」

そう言う母の口調も、少し地元びいきが入っている気がした。

「どんなお祭りなんですか？」

「そうねえ……やまと公園っていうのは、昔このあたりを治めていた殿様のお屋敷の、跡地に作ったのね。屋敷の一部や日本庭園なんかはそのまま残ってて、お祭りの日は敷地にある石灯籠や手作りの灯籠に明かりを灯《とも》して、ライトアップするのよ。昔風に」

「へえ……」

「みんな夕涼みがてら見に行くの。若い子は浴衣《ゆかた》とか着てね、もっと小さい子は出店の焼きそばとか目当てで」

　これは別に間違っていない。

　お祭りで一夜かぎりのライトアップを見に行くのは、子供の頃の家族イベントとしても、大きくなってからのデートイベントとしても、最高とされていた。少なくとも、うちの地元周辺では。

　そんな事情にちょっと憧れながらも、今は部活だって吹部《すいぶ》に打ち込んでいたのが、あの頃の私だったわけで。

「桜さんは、屋台の焼きそば好きそう」

「確かによく食べてたわね、びっくりするぐらい」

「あとチョコバナナ」

「そうそう、当たりよ。で、親とは行かなくなるような年になったらなったで、今度はコンクールだ合宿だって、お祭りイベントなんて全部スルーしてたし」

「それは……ちょうど吹部の忙しい時期と重なるから、仕方ないと思います……」

　私のささやかなる弁明に、母もうんうんとうなずいていたけれど。

「でもね、円城さん。あれであの子も高三で引退した時には、鹿山君と一緒に見に行ってたみたいなのよ」

これには飲んでいたコーヒーのカップを、取り落としそうになった。

「……あ、あの頃って、夏風邪ひいてたんじゃ……」

咲良として言うには、少々際どすぎるかと思いながらも、言わずにはいられなかった。

高三の夏の記憶は飛び飛びで、でもほとんどベッドから動かなかったのは確かだと思っていた。

幸い母は、特に変だとも思っていないようだ。

「起き上がれる時期もあったのよお。本人もどうしようか迷ってたみたいだけど、これは鹿山君からのお誘いねってピンときて、お尻叩いてあげたわ」

「そんな……」

「しかもよ、せっかくのデートだっていうのによれよれの部屋着で出てこうとするもんだから、もうちょっと可愛くしなさいって、浴衣も着付けてあげたのよ。そこまでやっても、渋々って感じで。本当に素直じゃないんだから……」

知らない。

わからない。

そんな私は記憶にない。

「あの頃は、うちの桜もこれで安心、有望株がお婿《むこ》に来てくれるって、気の早いこと考えたりしたものよ……甘かったわね……」

ため息まじりに述懐している母に、私は——言った。

「……いいな、桜さんの浴衣……どんなの着てたのかな……」

「え、見る？　まだあると思うけど」

「あっ、難しいなら別に」

「大丈夫大丈夫、ちょっと待ってて、確かおばあちゃんの部屋か納戸《なんど》に……」

母は最後まで聞かずに、立ち上がって仏間を出ていく。

私は知っている。亡くなった祖母が使っていた部屋は、母屋の裏手に増築した、プレハブの離れだ。今では完全に物置部屋と化していて、あそこを掘り返して目的の物を見つけるとなれば、相当な時間がかかるはず。

(狙いはそこ)

浴衣が見たいというのは、ただの方便で時間稼ぎだ。行くなら今しかない。

私は母の気配が遠ざかるのを確認してから、立ち上がって忍び足で仏間を出た。

行き先は二階。私の——市ノ瀬桜が使っていた部屋だ。

急な角度の階段を、手も使いながら素早く上って、一番手前のふすまを開ける。

予想通り部屋の中は、以前に帰省した時と、ほとんど変わっていない状態だった。

和室の上にカーペットを敷いた、洋室もどきの六畳間。閉めたカーテンの間から、強い西日が差し込んでくるのも一緒。もともとの私の物に加えて、芳美が通販で買ったルームランナーが置いてある点も変わらない。

（あんたのぶんだけでも片付けろ片付けろさんざん言われてきたけど、片付けなくてほんと良かった……）

まずはベッドの下の、収納ケースを引っ張り出して蓋《ふた》を開ける。

ここに入っているのは、パソコンに付属していたケーブル類や説明書などで、あとは旧式のゲーム機なんかが、昔使っていた携帯電話と一緒に突っ込んであった。

そう、ガラケーよガラケー。タッチパネルのスマホじゃなくて、ぱかぱか開けるガラパゴス携帯よ。

本体と、付属の充電コードも忘れずに取り出すと、蓋を閉めて戻す。

（あと何か）

何かないだろうか。高三の夏に、私が何をしていたかわかるもの。

背中で導火線がじりじりと短くなっていく感覚にせき立てられながら、六畳間の中を見回す。

——手帳はまだあったかもしれない。

思いついた私は、机の横のカラーボックスに向かった。

手帳はシステム手帳ではなく、その年ごとに使いやすそうなものを、新しく買っていた。カラーボックスの下段を見たら、高校入学から大学卒業までの七年間に使った手帳がそのまま残っていた。よし！

高三の時に使っていた手帳は、確かマンスリーとウィークリーの付いたバーバパパ。楽器を持ったバーバララがお気に入りだったっけ。

その場でぱらぱらとめくっていき——。

（ん？）

私の手は、後半のメモ欄のあたりで止まる。

慌てて二、三枚前に戻る。

（なにこれ）

こんなのあった？


こんにちはさくら。

読んでくれてありがとう。

わたしはさくらです。

わた

黒の、筆圧が残る感じのボールペンで書いてあった。

しかも、途中でぐしゃぐしゃと打ち消しの線が引かれて、止まっている。

油性ボールペン自体、私はあまり好きじゃないから、使わない文具の一つだった。そもそもこれ私の字じゃないよと気づいたとたん、一瞬で鳥肌が広がった。

なんだろう。気持ち悪い。誰が書いたか知らないけど、このページすごく気持ち悪い――。

（って、見入ってる場合じゃないって）

いくらなんでも、時間をかけすぎだ。早く下に戻らないと芳美が。

私は手帳を閉じて、携帯と充電コードも一緒に、部屋を出て――。

「……さくらちゃん？」

ショックで心臓が止まって、昇天《しょうてん》するかと思った。

廊下の真ん中に、綾芽ちゃんが立っていた。

たぶん——うちの兄が昔使っていた部屋に、遊びで入りこんでいたのだろう。小さな彼女の手には、幼稚園児にはおよそ似つかわしくない、大きなスタートレックの宇宙船プラモデルが抱えられていた。

「さくらちゃん、なにしてるの?」

なにって。

綾芽ちゃんに問われる私はといえば、たった今自分の部屋から回収した、大昔の手帳とガラケーを持ったまま。傍目から見れば、完全な窃盗《せっとう》。犯罪者。

でも、綾芽ちゃんが私を見る目は、とても澄んでいた。

それこそお正月に帰った時に、大人だった私を見る目と一緒だった。桜ちゃん、何してるのって。

「……そうだよ。私、桜だよ」

私は言った。

「やっぱり。なにしてるの?」

「忘れ物をね、取りに来たの。天国から」

この答えを聞いた綾芽ちゃん。ややびっくりした調子で目を丸くした後、おかしそうに顔をほころばせた。

「さくらちゃん、うっかりさんだもんね」

そう。かなりのうっかり人間だ。

こんな死んでしまってからも、地上にとどまっているぐらいなのだから。

「綾芽ちゃん、みんなに内緒にできる？　私がここにいるって知ったら、おばあちゃんもお父さんも、みんな泣いちゃう。そしたら天国に帰りにくくなっちゃう」

「うん、わかった。綾芽おしゃべりしないよ。おくちチャックする」

ありがとう。おりこうさんだ綾芽ちゃん。

「それじゃあね。元気でね」

その場でチャックしたお口を引き結び、ぶんぶんと手を振る綾芽ちゃんと、逆さまのエンタープライズ号に見送られながら、私は階段を下りていった。

そして、大急ぎで仏間まで移動。

自分の鞄に携帯と充電コードと手帳を突っ込んで、ファスナーを閉めたところで母・芳美がやってきた。

「――あったわあった。これよこれ――」

間一髪、セーフ――。

良かった間に合った。

心の中で冷や汗をぬぐいながら、私は母が持ってきた浴衣一式を鑑賞させてもらった。

それは少しだけ防虫剤くさくて、でも懐かしい浴衣だった。

深い藍《あい》染めの生地に、白く抜いた朝顔の花。ゆるりと流れるような蔓《つる》の曲線。ポップな形の葉。まとめて見れば昔ながらの古典柄で、そこに黄色の帯を合わせる。

「可愛い……」

「亡くなったおばあちゃん、農家の人だけど和裁が得意でね。桜用に仕立ててくれたの。桜は最初、こんなの地味だってふてくされてたのよ」

知ってる。覚えてる。

でも着てみたら、意外と悪くなかったことも。

「円城さん、良かったら貰ってくれる?」

「え?　私がですか?」

「美和さんは浴衣とか着ない人だし、孫の綾芽が大きくなるまで取っておくっていうのもね。そうよそれがいいわ、ちょうど円城さんぐらいの年の子用に仕立てたものだし……」

「そんな、悪いですよ」

「遠慮しないで。きっと似合って——」

押し出しの強い母は、さっそく浴衣を私の体にあてがおうとする。

でも、実際に私の顔近くに布地を持ってきて、首をひねった。

「……んー、円城さんはもうちょっと、清楚《せいそ》っていうか柄の小さい浴衣の方が似合いそうね。白地に萩《はぎ》とか、撫子《なでしこ》とか」

その通りだった。

地黒で背も高めだった私だと、色の濃さも柄の大きさも、難点をカバーしてくれてちょうど良かった。でも色白で華奢《きゃしゃ》な咲良だと、浴衣だけが浮いてしまう。

「そうですね、私じゃちょっと……」

「着るものだものねえ」

母は畳の上に浴衣を戻して、ちょっと寂しげに笑った。

「やっぱりこの浴衣、桜のためのものなのね」

浴衣にも帯にも覚えがあるのに、これを着て灯籠祭りに行った高三の記憶だけが蘇《よみがえ》らないのだ。どうしても。

浴衣や帯は貰わないかわりに、小物やらお菓子やらをあれこれ詰め合わせて貰ってしまって、市ノ瀬家を出ることになった。なんだかもう、帰省した時と一緒だ。

母のミラココアに乗って駅に行く時、家の前で綾芽ちゃんが、ずっと手を振ってくれるのも一緒。

でも今の私は、桜ではなく咲良だから。

一分一秒でも早く、回収した携帯の中身を確かめたくてうずうずしていた。

電源が取れる場所をずっと探して、けっきょく充電コードのプラグをコンセントに差し込むことができたのは、広い上野《うえの》駅の改札内を駆けずり回って発見した、コーヒーショップだった。

注文したカフェ・ラテのカップを横に置いて、確か契約した時はシャンパンゴールドとか言っていたはずの、端の塗装が剝《は》げた折りたたみ式携帯電話の、電源を入れる。

使えるようになるまで本体を眺めるわけだけど……うわあ。

十年近く前の機種だと思うと、もはやため息しか出てこない。

スピーカーのフラットな面に、デコった痕跡《こんせき》を示すシールの残骸《ざんがい》が残っているあたりが、懐かしすぎてもう泣ける。バッテリーを入れるところの蓋の裏に、彼氏のプリクラなんかを貼っている子もいたはずだけど、ああいうのってどうなのだろう。こんな風に忘れかけたタイミングで、大昔の元カレにパカッと開けてご対面とか、どんな強心臓の人でも鼓動が止まるんじゃないだろうか。

さあ——出てくるぞ。いにしえの黒歴史、召喚！

いきなり出てきた待ち受け画面のキュウリに、眉間《みけん》をおさえた私。

（……なんでキュウリ！）

いや、わかっているのだ。自分で設定したのだし。

家庭菜園で採れたキュウリが馬鹿みたいに大きくて変な形で、面白がって写真に撮って待ち受けにしていただけ。ただそれだけ。

初っぱなから心が折れそうになりながら、それでも最初の目的を果たすべくメールフォルダを開ける。ふだんタッチパネルの操作ばかりしていると、こういうボタン操作のみのガラケーのシステムがもどかしい。昔はさんざん使っていたのに、人間は退化するものだ。

知りたいのは、二〇〇×年、高校三年の夏の記録。

私は灯籠祭りには行かなかった。それが私の揺るぎない記憶。

画面が過去へ遡《さかのぼ》っていく。

（——八月十八日。鹿山からだ）

私は息を呑《の》んだ。しかも複数。どれもちゃんと既読《きどく》になっている。だから今日まで気づかなかった？

それでも記憶にないのは一緒だ。

自分の過去が、知らないうちに書き換えられているような感覚だった。
無言でボタンを押し続ける。
八月十八日になってからのメールのやりとりを、時系列順に並べてみれば、こんな感じになる。

From：鹿山守
To：市ノ瀬桜
日付：２００×年8月18日　14:19
件名：どうする？
本文：今日だけどどうする？　公園前に集合？　迎えに行こうか？

From：市ノ瀬桜
To：鹿山守
日付：２００×年8月18日　15:22
件名：Re: どうする？
本文：遅れてごめんなさい。バス停まで行きます。

From：鹿山守
To：市ノ瀬桜
日付：２００×年8月18日　15:25
件名：Re:Re: どうする？
本文：わかった　じゃあ5時にバス停で

From：市ノ瀬桜
To：鹿山守
日付：２００×年8月18日　15:28
件名：Re:Re:Re: どうする？
本文：わかりました。

From：鹿山守
To：市ノ瀬桜
日付：２００×年8月18日　16:45

件名：ごめん
本文：バス遅れてる　つくの少し遅れる

From：市ノ瀬桜
To：鹿山守
日付：２００×年8月18日　17:01
件名：Re:ごめん
本文：今きづきました。待ってます。人いっぱいです。

八月十八日のメールは、これで全部。鹿山と私のやりとりのみで、私の方でちゃんと返信までしているのが、何度見ても信じられなかった。

それ以上遡っても、約束をした証拠らしいものは見つからなかったけれど、八月の十一日に鹿山から着信があった記録は残っていた。私はそこでも電話に出たらしい。

心を落ち着けるために、現代にいる私は、カップのカフェ・ラテを舐《な》めるように飲む。

砂糖を入れ忘れたから、苦い。まだ一口も飲んでいなかったのに、中身はだいぶぬるくなっていた。

——こんな私、知らない。

覚えがないというよりは、知らない誰かに自分を騙《かた》られているような、納得のいかない気持ち悪さがあった。ずっとずっと。

(だってこのメールの返信の仕方とか……私、短文だと句読点って付けない方なんだけど。なりすましに遭ったたってこと？)

でも誰が？

その瞬間、私の頭に浮かんだのは、手帳に書き込まれていた知らない文だった。

私は膝《ひざ》に置いた鞄をあさって、バーバパパの手帳を取り出す。

実家の二階で見たページを、もう一度開いた。


こんにちはさくら。

読んでくれてありがとう。

わたしはさくらです。

わた

「……読んでくれてありがとうって、リカちゃん電話じゃないんだから」

わざと口の中で呟いて、それでも十分ぞっとした。

だって私は、前にもこの台詞《せりふ》を言っている。覚えている。似たような文を書いて、本当に口にはしなかったかもしれないけれど、心の中で確かに思った。

あれは新しく買ってもらったスマホのメモに、テキストで咲良へのメッセージを残そうとして、うまくいかなくて途中でやめたのだ。

ひるがえってこの手書きのメモはなんだろう。

こんにちはさくら。読んでくれてありがとう。わたしはさくらです。

さくら——。

(——待って)

私は自分の口を、右手でおさえた。そうしないと変な声が出そうだった。

文も気持ち悪いけど、この字。

見覚えがあった。思い出した。

よく見たことがあるし、この字に似せて書けるよう、何度も引き写して練習してきたものだった。なんで気づかなかった? 簡単だ。単純にこんなところに残っているはずがないから。

(十年も前の手帳だよ⁉)

しかも東京から何十キロと離れた、縁もゆかりもない女子高生の使っていたスケジュール帳になんて。

でもそこに書かれていたのは、間違いない。

円城咲良の手書きの文字だった。

ずっとずっと、この現象は『乗り移り』とか、『憑依《ひょうい》』と呼ばれるものだと思っていた。

一方的に他人の体を、私が乗っ取ってしまっているのだと。

砂糖を入れ忘れたカフェ・ラテ。もう一度口をつけたら、ぬるいを通りこして完全に冷えきっていた。

（……情報を）

とりあえず、整理して考えようと思う。

私は手帳のまだ余ってる白紙の部分に、メモを取る準備をした。

二〇〇×年八月上旬、コンクール敗退。夜になってから鹿山と偶然会って、その時はまだ普通に話せていた。むしろ好意的な感じがした。

その後、部の活動も休みに突入。私はずっと夏風邪で寝ていたと思っていたけど、知らないところで鹿山となんらかのやりとりがあった模様。十一日に鹿山より着信あり。お盆を挟んで八月十八日、私は例の朝顔柄の浴衣を着て、鹿山と一緒に灯籠祭りを見に行った。こちらは芳美の証言もあり。

九月一日、風邪から回復した私が登校すると、鹿山の態度は完全によそよそしい感じになっていた。

この流れで考えれば、私がお祭りに行って鹿山にふられたと考えるのは、そうおかしいことではないと思う。

でも鹿山の見方は違った。

（……あれは俺が悪かったとか、断ったのはそっちだとか、つまり灯籠祭りまでは、鹿山も私のこと好きだったたってこと……？）

何か私に断られるようなことでも、言うかやらかすかでもしたというのだろうか。

でも、よっぽどのことがなければ、あの頃の私が鹿山をふるなんてありえない——とまで考えて思ったのだ。

ここであえて、高三の私の手帳に書き置きが『ある』、円城咲良の経歴について振り返ってみよう。

まず東京二十三区内の、そこそこ閑静《かんせい》な高級住宅地に生まれ、家族構成は父と母と咲良の三人暮らし。口数は、家族内でも少なかった模様。

成績は優秀、遅刻も欠席もなし。ただし孤高と偏屈は紙一重だったようで、女子からは浮き気味、男子のことも苦手で敬遠してきたふしあり。

子供の頃から、繰り返し見てきた夢がある。

その夢をモチーフに美術の課題を描き、その時のタイトルは『たべられる』だった。

――食べられる。

――夢。

私は書き起こした字に猛烈な頭痛を覚えながら、また鞄をあさって携帯を取り出した。

まさかね、まさか。しかも男子が苦手とか――。

こちらの携帯は、ガラパゴスではなく、私がもともと持っているスマートフォンだ。

登録こそしていなかったけれど、穴が空くほど何度も凝視したせいで、すっかり覚えてしまった番号に、口元をおさえながら、初めて電話をかけた。

呼び出し《コール》――三回で動きあり。

『もしもし』

鹿山だ。大人になった、今の鹿山の声だ。

「鹿山？　ごめん、今ちょっとだけいい？」

『誰──市ノ瀬か』

「そう。わたし、桜」

こんにちは咲良。

あなたの謎が少し解けそうな気がするの。

「質問があるの。十年前の件で」

『十年前？』

「八月十八日の、灯籠祭り。あんた私にエロいことしようとしなかった？」

ずばり聞いた私に、電話口の鹿山が絶句する気配がした。

でも黙られても困るのだ。

「どうなの。やったの。やらないの」

『……いきなり言われてもな』

「前置きとかいらないから端的に答えて」

『気は確かか市ノ瀬』

「確かよ。確かだから聞いてるの」

『正気なのか』

「正気だって」

『二百五十七足すことの十六引く四は』

　ああもう！

「私が正気かどうかとあんたの過去の行為に因果関係はない！　いいから答えろ、結論だけでいいから！　あの日あんたは私に手を出した。イエスまたはノー！　どうだ！」

　あと質問の答えは二百六十九！

　鹿山を問いただす私の口調も、自然ヒートアップしてくる。

　さして広くもない店内の、客と店員の視線も集まってくるが知ったことか。

「聞こえてる!?」

『…………い』

「なに聞こえない！」

『イエス！　手は出した！』

　鹿山が悲鳴みたいに答えた。

「そうか。ちゅーぐらいはした感じか」

『あと胸触った』

「飛ばしすぎだボケっ！」

『仕方ないだろ浴衣むちゃくちゃ可愛かったんだから』

「う」

この返しには、十年前の乙女心が、不意打ちでぐらっときてしまったが、正気を保て自分。今はそんなところにときめいている場合ではないのだ。

『で、泣かれた』

「……鹿山。それ私じゃない」

『なんだって？』

十年前の八月十八日、鹿山守と灯籠祭りに行ったのは私じゃない。

咲良だ。

5章 さくらの中のわたし

じっとりと、汗ばむぐらいの熱帯夜。公園の中は非日常。

紙の灯籠《とうろう》と石の灯籠が、そぞろ歩く人の足下を照らし出す。

慣れない浴衣《ゆかた》の裾《すそ》さばきに遅れそうになった少女の手を引いて、少年が人混みの中を歩いていく。

そんな場面もあったかもしれない。

でもその中身は――。

(――『憑依《ひょうい》』じゃなかった)

(――『入れ替わり』だったんだ本当は)

私が現代の咲良《さくら》の体に入っている時、咲良の魂《たましい》は時間を遡《さかのぼ》って、十年前の私の体に入りこんだとしたら。

私が驚いて戸惑って、なんとか本体のことを知ろうともがいたように、咲良もまた驚き戸惑ったに違いないのだ。

「……とにかくあの日、お祭りに行ったのは私じゃないと思う。私と入れ替わりに体に入りこんだ、円城《えんじょう》咲良だと思う」

『時間を越えて……入れ替わってたってことか?』

「そう。期間はぴったり重ならないみたいだけど。そして全てを台無しにしたのよ。二十七歳社会科教師のスケベ心が」

『あの時は十七だ！』

鹿山《かやま》はまたも悲鳴をあげた。そうとも言うかもね。

でも私は、咲良に同情してしまう。

彼女が入りこんだ時期は、ちょうど私が高三の夏休みだった。

あの家の二階の部屋からほとんど出ないで、死んだように眠ったふりをする道を選んで。

それでも『市ノ瀬《いちのせ》桜《さくら》』あてに電話もくれば、メールもくる。

鹿山の誘いに応じたのは、おせっかいの母がデートなんでしょと気をきかせてくれたせいかもしれないし、手帳や日記に延々と綴《つづ》ってあった私の想いを読んだ咲良が、『桜《わたし》』のために一念発起でがんばってくれたのかもしれない。

私だって、咲良へのいじめを知った時は、動かずにはいられなかったから。

そうして私の中の咲良は、慣れない体で浴衣を着て、十年前の知らない町へ出たのだ。

待ち合わせをした場所にいた少年と、一緒にやまと公園の人混みを歩いて、そして——。

「鹿山。私、美術室に置いてある咲良の絵がもう一度見たい。学校に行って確かめてこようと思う」

『確かめるって、まさか今からか？』

「うん。土曜日でも、学校開いてるよね。部活やってるとこあるし、なんとかして美術室の鍵開けてもらって──」

『わかった市ノ瀬。それならちょっと待て、俺も合流する』

「え、鹿山も?」

『波賀《はが》先生は今日、出勤してるはずだ。俺も彼女に用事がある。先に学校についても、中には入らないで、裏門あたりにでも待機しててくれ。いいな?』

「ちょ」

一方的にまくしたてられ、通話が切れた。こちらの返事なんて待ちやしない。

勝手な奴だな!

待てと言われても、私は一分一秒でも早く答え合わせがしたいのだ。土曜日にも用事ってなんだよ。相手は人妻だぞ?

(──まあ、いいや)

ここにいつまでもいても仕方ない。移動しないといけないのには、変わりないわけだし。

私はカウンターテーブルの上の荷物を鞄に戻し、飲み残しのカップを片付ける。

いい加減、店内の視線もすごいことになっている。

コーヒー一杯で、長居して電気使って絶叫して。

「ご迷惑おかけしました！」

客、店員、全てにごめんなさいを捧げて店を出る。

さようならベックスコーヒーショップ上野《うえの》常磐《じょうばん》ホーム店。ここにはもう二度と来られない。

そのままJR、地下鉄と乗り継いで、新京《しんきょう》学園へ向かった。

地下から地上へ出た時点で、すでに日は落ちきっていた。私は焦りながら学校へたどりついて、言われた通り裏門へ回った。

ところがだ。

来ないんだよ鹿山の奴が。遅いんだよもう！

（早くしないと、みんな帰っちゃうでしょうが！）

私はじりじりしながら、目の前の校舎とスマホを見比べる。あんたの遅刻に私を巻き込むなと言いたい。

ここにいると、特別棟の窓などが見えるわけだけど、最初はちらほらついていた教室の明かりが、どんどん消えていくのがわかる。最上階の美術室と音楽室の明かりは、比較的長いこと残り続けていたけど、ついに今、音楽室の方の電気が消えた。

部活も終わったんだ——。

私は、いっこうに返信がない鹿山の携帯に、連絡を入れる作業をやめた。

早くしないと美術室の方も消える——波賀先生が帰ってしまう。

鹿山には悪いけど、もう待っていられない。

私は半分だけ開いてる裏門に体を滑り込ませると、校舎の四階に見える明かりを目指して、先に行かせてもらうことにした。

土曜の夜の学校は、怖いぐらいに静かだった。楽器の音出し、ボールを打つ音、トレーニングの声出しにダッシュの靴音。日中あれだけ聞こえていた音が丸ごとなくなるだけで、海の底に沈んだみたいな圧があった。

四階まで一息に上がって、私は美術室のドアを開けた。

「波賀先生」

まだ中の電気はついていた。

先生は教室の端で、例の大きなキャンバスに向き合っていた。

「良かった。間に合った」

「……円城さん」

「こんな時間にすみません。まだいるって聞いて」

私は、早足に先生のところへ近づく。

先生は白いシャツにゆったりとした黒のロングスカート、そして作業用エプロンを身につけていた。

前に見た時は描きかけだった絵には、より筆が入って完成に近づいていた。

私が予想した通り、髪の長い女の子の後ろ姿だった。風にのって手を広げているように見える。

「どうかしたの？」

「絵を、返してもらいたいんです。私の去年の絵」

波賀先生の筆を持つ手が一瞬、動きを止めた。

「急ですみません」

「……あなたは、本当に唐突なのね」

先生はため息をつく。

確かにその通りかもしれない。私は返す言葉もなく恐縮する。休みとはいえ、制服すら着ていないし。

「――わかったわ。出してあげる。でももう遅いんだから、受け取ったらすぐに帰りなさいね」

「はい」

「こっち、ついてきて」

私は波賀先生の後をついて、後ろの準備室へ向かった。

小部屋の電気をつけると、中は鹿山が引きこもる社会科準備室以上に、雑然としていた。

事務作業用の木製デスクが置かれたわずかなスペースを除いて、残りは画材のストックや制作済みの作品がしまわれた棚のスペースで、ほぼ占拠されている感じだ。中に二人入ってドアを閉めると、もう余裕はまったくない。

先生はキャビネットの下段の扉を開けて、中から私の絵を出してくれる。

「はい、どうぞ」

私ははやる心をおさえながら、差し出されたイラストボードを受け取った。

その場で覚悟を決めて保護用のトレーシングペーパーをめくると、またあの青に再会することができた。

深い海の底に似たブルー。そこに浮かび上がる泡のような光。ゆらゆら、不安定に揺らぐ光源。

（……違う。これ……海じゃなくて、夜の絵なんだ……）

複数の光は泡ではなく、お祭りの灯籠。

ここまで手に入れてきたキーワードを使って読み解くと、ファンタジックで幻想的に見えていたモチーフは、また別の意味を持ち出す。

赤い尾の魚。蜘蛛《くも》の巣。植物の蔓《つる》。他と比べて妙にのっぺりした描き込みは、これでいいんだとわかった。だってこれは、浴衣の『柄』だから。咲良がお祭りで目にした、行きずりの人の浴衣にあったものだろう。金魚も虫も花も、どれも和の古典柄で使われるものだ。

蔓の部分をよく見たら、朝顔のつぼみらしいものがちゃんと描いてあった。そう、自分が着ていた浴衣の柄も、取り入れてあったのだ。

対して一番大きくて、存在感があって、陰影もつけて描いてあるのが、人間の手。

リアルで骨っぽいけれど、年は行っていない感じの描き方とか。

こうして見ると、実はものすごく『見たまま』な表現だったのだと気づく。

のっぺらぼうの透明人間に口だけ描いて、『たべられる』とタイトルをつけた咲良の気持ちを考えると、私はいたたまれなくなってイラストボードを抱きしめる。

本当に怖かったんだなって。

（……なんの説明もなく男子に触られる夢なんて見せられたら、トラウマにもなるよ）

文字通り世界が変わってしまうだろうし、男の子が怖いというイメージが植え付けられてしまっても、無理はない。この時の咲良は、この夢が未来の自分であることも、他人の過去へ飛ぶことになるのも、何も知らないのだ。

小さな頃から繰り返し見る、曖昧な悪夢。こうやって絵の中に、わからない不安を吐き出してきた。その意味を実体験したのが、彼女にとっての入れ替わり。

入れ替わりのせいで拒絶されて、二度と近づかないとまで思い詰めた鹿山も、可哀相《かわいそう》かもしれない。

そんな鹿山にふられたと思い込んでしまった高三の私も、可哀相といえば可哀相で。

でもそんなことになったのも、十年後に私が車に轢《ひ》かれたから。

因果の輪は、絡まり合ってぐるぐると巡る。現在過去未来、どこが発端かもわからないぐらいに。

「――もういい？」

波賀先生の呼びかけに、私は我にかえった。

先生の指先が伸びてきて、私の目元の涙をぬぐった。

「本当に勝手なんだから」

ふっと苦笑しながら息をついたその唇が、当たり前のように私の唇をふさいできた。

何が起きているのか、最初ぜんぜんわからなかった。あんまり自然だったから。でも男性のそれとは次元の違う感触に驚いて、しかも舌まで入ってきたものだから、私は反射的に向こうの胸を押し返してしまった。

先生は、すぐ後ろのキャビネットにぶつかった。私が肩にかけていたショルダーバッグと、咲良のイラストボードが床に落ちた。

(なんで)

口元を手の甲でぬぐいながら、私は信じられない思いで波賀先生を見る。

先生は、私以上に驚いた顔をしていた。

傷ついたって感じで。

そのことが余計に信じられない。

「……嫌なの？」

両目を見開いたまま、先生は泣きそうな声で言った。

「嫌なのね。そう、なんでしょ」

「先生……あなた……」

「許せないならそう言ってよ。ただ見るだけじゃなくて。ねえ、そうやっていつもいつも遠回しに責めるのはやめて。私をどうしたいの！」

先生の悲鳴みたいな詰問《きつもん》の声に、床でバイブが震える音が重なった。

落としたバッグのポケットから飛び出したスマートフォンが、光りながら着信を告げていた。

先生が、ほつれて落ちてくる髪をかきあげ笑う。

「……お友達から？」

私、答えない。

「いいわよ、私なんかに構わないで。出てあげて。鳴ってるでしょう」

できるわけないでしょう。先生、声震えてるよ。

かかってきている着信番号は、どう見ても鹿山のものだ。未登録の番号だから、液晶に名前こそ出てきていないけれど、こんなところで出られるはずがない。

それ以上に、目の前にいる波賀先生は変だった。

おかしいの一言で、片付けていいのかもわからない。全部の輪郭《りんかく》が、薄皮一枚のぎりぎりのところで保たれているような気がした。

「……出ないの？」

鹿山からの呼び出しは、まだ続いている。

「相手はもしかして、鹿山君？」

私は顔をこわばらせそうになるが、首を横に振った。

「違います」

「そう。違うの」

スマホが沈黙する。着信一件ありの表示が出る。

「……この番号にかけ直したら、どうなるかしらね」

「あ」

ちょっと何して！

先生は、床に落ちた私のスマホを拾い上げて、操作を始める。

（やめて！）

私は取り返そうと飛び出して、でもその瞬間、頬《ほお》に鋭い痛みが走った。

とっさにひるんで、痛んだ頬をあらためて確かめてみたら、べっとりと指に血がついた。

波賀先生は、たった今私を追い払うのに使った彫刻刀の切り出しナイフを右手に持ったまま、左手でスマホの呼び出しを続けている。こちらのことなど見ようともしない。

「もしもし――？」

そして、向こうと繋《つな》がったであろう瞬間、全力でスマホを床へ投げつけ、大きな、本当に破裂しそうな笑い声をあげて、狭い部屋を飛び出していったのだ。

私は壊れたかもしれないスマホと鞄だけ持って、よろめきながら準備室を出た。

先生は、美術室の外へ出たようだ。出入り口のドアが、廊下に向かって開いていた。

もう一度準備室の方を振り返った私は、言葉をなくした。

描きかけだった油絵に、赤や白の絵の具が投げつけてあった。


美術室から一番近い階段へ向かったら、下から鹿山が駆け上がってきた。

「市ノ瀬！」

「鹿山！」

向こうは私の前までたどりつくと、その場であえぐように肩で呼吸を繰り返す。

「……おま、あれだけ、下で待てと」

「それどころじゃないよ鹿山！」

「ああ、そうだ。さっきの着信——なんだその傷」

私の顔についた、彫刻刀の傷に気づいたらしい。

「ちょっとかすっただけ。平気」

「もしかして、波賀沙織《さおり》にやられたのか」

波賀先生のフルネーム。私は即答しなかったけど、鹿山にとっては十分なリアクションだったみたい。畜生《ちくしょう》、と吐き捨てる感じで呟《つぶや》いた。

「なあ……市ノ瀬。一つ確認なんだが、円城咲良が、実は男性恐怖症気味だったってこと知ってるか」

「……知ってる」

「お前いわく、原因は十年前の俺みたいだが」

「そうだね。絵を見直したけど、たぶん間違ってないと思う」

「それじゃ、つきあってた相手が波賀先生だったことは？」

少し前の私だったら、大声をあげて驚いていたかもしれない。

でも、いきなりキスされたあの状況では、知らないとは言えなかった。

私は目を逸《そ》らし気味に、もう一度唇を指でぬぐう。

「……いま知ったとこかもしれない」

「俺はな、あのタイミングで学校にメールを出した人間が誰か、ずっと考えてたんだ。あの告発メールは時間も手間もかかってる。何より円城本人よりも、俺への悪意のメールだとしか思えなかった。円城に近づく男は許さないっていう、強い意思だよ。その時点で柴《しば》倉《くら》たちの線は薄いと思った」

「波賀先生がやったっていうの？　先生結婚してるでしょう」

「恋愛と結婚は別なんて、古今東西の人間が平気でうそぶいてるだろ」

鹿山はここへ来るまでの間に乱れた髪の下、皮肉げに笑った。

「マリー・アントワネットが愛したのは、夫のルイ十六世かスウェーデン貴族フェルセンか。あるいはハプスブルク家の結婚戦略。『戦争は他家に任せておけ。幸いなオーストリアよ、汝《なんじ》は結婚せよ』とな。歴史だって証明してる。いわんや俗な平民をや」

素直に結婚してるからなんて言ってしまった自分が、急にお子様になった気がした。男の鹿山に対してさえ、人妻には一線を引いているに違いないと、どこかで思い込んでいたのだ。

でもそういえば……私は波賀先生の薬指にはまっていた指輪が、とても上等なマリッジリングだったことを思い出した。

とてもとても上質で高価な。

私はそれを、羨《うらや》ましくて平気で褒《ほ》めた。咲良の顔で。咲良の声で。

——そうやっていつもいつも遠回しに責めるのはやめて。私をどうしたいの！

責めていると、思われてしまっただろうか。もしかしたら。

私がここまで波賀先生に向けていた視線。羨望《せんぼう》。嫉妬《しっと》。憧れと皮肉も混じった何か。

先生側がどう受け取ったのかと考えると、冷や汗が流れた。

「とにかく二人の仲が、俺の考えてたものよりずっと深いものだったって知れてきたらな、余計に疑わしいことが出てきたんだ。円城の怪我の件とか」

「怪我？」

「考えてもみろ。夜の人通りの絶えた歩道橋から転落、だろ。自分で足を滑らせたのか、痴情《ちじょう》のもつれでもみ合って落ちたのか、あるいは――」

「ちょっと鹿山！」

「故意に突き落とされたのかなんて、証明できないだろ」

私は、心の底から寒気がして、鹿山の袖《そで》をつかんだ。

「……本気で言ってるの」

「寝言でこんなこと言ったら、それこそ教師なんて辞めた方がいい。歩道橋に隣接してる公園で寝泊まりしてる人が、事故があった数時間前に女性二人の口論する声を聞いてる」

「寝泊まりしてる人って……ホームレスの」

その通りと、鹿山はうなずいた。

鹿山の本気を見たというか、もしかしてうちの駅の近くで見た鹿山らしい男――幻覚じゃなくて本人だった……？

「その紳士に証言してもらう算段もつけて、どう波賀先生にアプローチするか考えてるところに、お前のとんでもない電話が来たんだよ。ったく、全部ひっくりかえしてくれやがって」

「そんなこと言われたって」

「波賀先生はどっちに行った？」

一階から駆け上がってきたはずの鹿山は、あたりを見回した。

「わからない。ただ……」

「ただ、なんだ？」

「すごい動揺してたの先生。あと、手に彫刻刀持ってる」

「それを早く言えよ！」

言う暇がなかったんだってば。

私たちは、波賀先生を探しに走った。

特別棟の上から下まで見て回って、そこから渡り廊下を走って、教室棟の上から下まで。

それ以外の体育館とプールはすでに施錠《せじょう》されていて、グラウンドに出てもそれらしい人影は見つけられなかった。

私は走り疲れたあげく、昇降口前の階段にけつまずきそうになった。

「大丈夫かよ」

「……じ、ＪＫの力を持ってしてもこんなに走れないというか……そもそも咲良が運動苦手なのよ……」

筋力や肺活量、持って生まれた運動神経は、中の人間の自由意志でどうにかできるものではない。とうとう膝《ひざ》まで笑い出して、私は三段ばかりの階段に腰をおろした。

本気できつい。体中が壊れる。脈打ちすぎて破裂しそう。

鹿山は青息吐息の私の横で、腕の時計を確認している。

「……ねえ、見つからないよ鹿山。波賀先生」

「ああ、まだな。まだ中学の方の敷地が残ってる」

「警察、連絡した方がいいんじゃないの」

このぶんなら、学校にいるより外に出ているかもしれない。切り出しナイフを持ったまま。

そんなニュアンスを漂わせた私の提案に、鹿山は難しい顔をして黙り込む。確かに迷うのはわかるけど、何かあってからじゃ遅い。

「いいよ。携帯貸して。私がやるから」

「おい、市ノ瀬――」

「私のは動きそうにないのよ。さっき波賀先生に壊されちゃって」

そんな問答をしながら、鹿山のジャケットのポケットを、勝手にあさり始めた時だった。

――私たちの、すぐ背後。コンクリートの地面に、何かがぶつかる音がした。

反射的に振り返ったら、ちょうどそのぶつかって跳ね返ったモノが、こちらに飛んでくるところだった。

(あぶなっ)

それは激しく回転しながら――昇降口前の植木に刺さる。

ソテツの太った幹に、彫刻刀が突き刺さっている。

状況を悟った鹿山が、何も言わずにグラウンドへ走った。

校舎から十メートルぐらい距離を取って、あらためて叫ぶ。

「市ノ瀬、上だ！　屋上に波賀先生がいる！」


再びの階段ダッシュ。

もう今夜は筋肉痛で寝られないかもしれない。

それでもいいと思った。

今この足が走って、動いてくれるなら。

鹿山の言う通り、波賀先生は屋上にいた。

「先生!」

さんざんあちこち探し回って、四階の美術室より上にいるとは、一度も思わなかったのだ。本当に気が動転した人間の頭はどうかしている。

彼女は胸下ほどの高さの柵の、『外』側に立っていた。

雨よけの庇《ひさし》が作る、わずか三十センチばかりのスペースに、内履《ば》きのサンダルのまま髪をなびかせているのだ。

「先生、やめて。戻ってきて!」

私の悲鳴を聞いた波賀先生は、両手をぶらんと下げたまま、うつろな目をこちらに向けた。

「早く! 危ないから!」

彼女はゆっくり首を、横に傾ける。だめだ。何を言っているかわからないといった感じだった。

「先生！」

「——波賀さん」

重ねて響いた鹿山の声は、また少し離れたところから。

鹿山は波賀先生と同じように、屋上の柵を乗り越えていた。間の距離は、だいたい十五メートル前後か。

ここまで走りづめだったせいか、その息はやっぱり荒い。

「俺のことが憎いですか」

波賀先生はそこで初めて、瞳の焦点を合わせた。

直線上にいる鹿山に向かって、眼差《まなざ》しを険しくした。ほんの少しだけれど。昼間の学校で見せていたそれとは、まるで違っていた。

「……私を笑おうっていうのなら、それはやっぱり憎いわね、鹿山君」

「そうですか。俺が円城咲良のことを奪ったからですよね」

鹿山は鹿山で、言葉だけで人を奈落に突き落としそうな感じだった。

言われた先生は、落ちずに笑った。自分自身を笑うかのように、血の気のない口の端をゆがめた。

「そう思ってたんだけど……もういいじゃない。あなたが欲しいなら持っていけばいいんだわ。私も疲れたのよ」

「彼女は物じゃない」

「でも違うものになった」

そして先生のこの反論も、一見へりくつじみた言い分のようでいて、間違っているわけでもないことを、私と鹿山だけは知っていた。

むしろ、一番の真理かもしれなくて。

「喋《しゃべ》らなくていい、説明しなくていい、ただ描けばいいって教えたのは私よ。生活のための講師の授業で、この子は初めて光を知ったような顔をしていたの」

私はその時の光景を想像する。

きっと——それは確かに光だったと思う。何気ない、でも咲良にとって大切な導きだったに違いなかった。

「でもそうやって、私に黙って髪を切る咲良も、教室で笑っている咲良も、男性に心を開く咲良も、私は知らない。別のものに変わって消えてしまったんでしょう。なら、絶望ぐらいしてもいいじゃない。愛していたんだから」

屋上を渡る風が勢いを増して、狭い場所に立つ先生と鹿山の体をなぶり続ける。

波賀先生の、はためくスカートやエプロン、コットンシャツから覗《のぞ》く首や手足は、本当に細く折れてしまいそうだった。生まれたままの色合いの髪をおろした雰囲気は、どこか恋人の咲良に似ていた。

（ううん）

違う。逆だ。

白と黒と紺、体のラインを見せない天然素材の服。露出しない丈のスカート。混じりけのないナチュラルブラック。癖のないロングヘア。

きっと咲良の方が、波賀先生を真似していたのだと気がついた。

今さらのように。

あの無味乾燥とした部屋のクローゼットの中にも、咲良の主張はちゃんとあったのだ。

「だったら、その恋人一人だけを愛し続ければ良かった……なんて責めても仕方ないですね。十分なじられたんでしょう」

「鹿山！」

私は見ていられなくて、横から叫んでしまった。ただでさえ不安定な人を、追い詰めてどうする。挑発してどうする。

「彼は、私が描くための環境をくれたのよ。咲良だって賛成してくれた」

「その賛成は、心からですか」

たいのか。


「どういう意味？」

なのに二人はやめないのだ。

私にはわからない。こんな踵《かかと》の後ろに死がある状況で、追い詰めたいのか、追い込まれたいのか。

気がつけば鹿山は、先生から数メートルの距離にまで詰めていた。

「自分でそうではないと思っていたから、復帰後の円城咲良の目に怯《おび》えるはめになったと思いませんか」

「何かその質問の仕方は、トゲを感じる。本当のところなら、そこにいる彼女に直接聞いてみればいいんじゃないの」

「俺はあなたの口から聞きたいんですよ。歩道橋から突き落としたのはあなたですか」

「ノー」

先生は、感情のこもらない声で、短く答えた。

私ではないと。

「ノー。私じゃない」

「事故だった」

「そうでしょう」

「――わかりました。なら、質問を変えます」

「今度はなに?」

「たぶん最後の質問になると思います。嫌らしい男の質問ですが答えていただけますか。円城咲良は、波賀沙織のことを愛していたと思いますか。最後まで」

波賀先生は、これにも全身で吟味《ぎんみ》するみたいに、ゆっくりと目を閉じる。

「……イエス――いえ、ノーね。あれはノーだった……」

そう言う先生の声は、ひどく寂しげで。

私の中の心臓が、私の意思とは違うところで、大きく脈打った。

――違う。

「違う違う違う!」

違うから先生。私は内側から、突き動かされるように叫んだ。

先生は、私の声に一瞬はっとして、そのまま逃げるように背中を向けてしまった。

(――やめて!)

でもその瞬間、横から先生へ伸びた手があったから。

最後の質問の時点でスタートダッシュを切っていた鹿山が、あの細い庇の上を走って、虚空に向かって飛ぼうとしていた波賀先生の右手を、ぎりぎりでつかまえたのだ。

「間に合った！」

それでも踏みきりの勢い自体は殺しきれずに、鹿山の体が大きく傾く。

「市ノ瀬、お前もこっち来て手伝え！」

「わ、わかった！」

私は、急いで鹿山のもとへ駆け寄る。右手で先生を、左手で柵をつかまえて自分の体を支えているから、私は柵越しの手が届く範囲で、鹿山の左腕にしがみつく。

先生の体は、完全に建物の外へ出てしまっている。サンダルが脱げて、宙づりだ。

「わ、私、落ちて……っ」

「大丈夫です波賀さん、あなたは死ぬ気なんてない。落ち着いて手と足を庇にかけなおしてください。届きますから」

「――駄目！」

一度下を見てしまった先生は、変な意味で我に返ってパニックになってしまったようだ。

「おい市ノ瀬、俺の腕じゃなくて胴体の方を持っててくれないか。ベルトでもいいから」

「こ、こう?」

「そう。そのままちょっとだけ踏ん張っててくれ」

「え」

鹿山は言うやいなや、柵から自分の手を離して、両手で先生の救助を始めた。

ちょっと待ってよ！　あんた、私が女っていうか、市ノ瀬桜の頃より小さくて非力なの忘れてない!?　波賀先生より体重ないわよ、あと体力も！

少しの間だけだとわかっていても、二人ぶんの命を預かる重みに、私の方が悲鳴をあげたくなる。

「左手、動かせますか。駄目ですか。じゃあこっちで引き上げますからじっとしていてください」

向こうが救助のために身動きするたび、リアルな加重が直《じか》に伝わってくる。

早く早く早く早く！　なんでもいいから、早く鹿山！

大きく身を乗り出されると、重みに引きずられてこちらの体が柵に食い込んで、変なうめき声が出そうになった。

これ……かなりきつい……。

歯を食いしばりすぎて、視界がかすむ。先生よりも私を応援して鹿山。ベルトを握る手がしびれて、感覚がなくなってくるのよ。

なんでもいいから……早くして！

――そう、そのままでいて。

限界が見えかけていた私の肩越しに、制服姿の女子高生が飛び越えていった。

(――え)

本当に軽々と。

その子は、淡い淡い光を振りまきながら校舎を飛び降り、次の瞬間には、呆然《ぼうぜん》とする波賀先生を下から抱え上げるようにして、また上がってくるのだ。

ピーターパンの相棒の妖精、ティンカーベルみたいに。

柵を越えて屋上に着地する、その足下が床から三センチぐらい浮いていた。

髪は腰まである黒のストレートヘア。校則を守ったプリーツスカート。紺のハイソックスに、汚れ一つないコインローファー。

まだ私が髪を切る前の――いつも鏡の中で見ていた、円城咲良に違いなかった。

「咲良、さくら、私……っ!」

屋上に戻された波賀先生が、すがりつくみたいに本物の咲良を見上げる。

咲良はそんな彼女の前で膝を軽く曲げると、その場で額に軽く口づけをした。

――泣かないでって。

それこそ天使か、妖精の祝福だった。

彼女は照れくさそうに苦笑を浮かべてきびすを返すと、また高いところへと飛び出すのだ。

その先にあるのは光。夜空の高いところで開いている扉と、そこから伸びる暖かな光の梯子《はしご》。

「待って！」

先生が叫んだ。私も叫んだ。走って飛び出した私の手が、先に咲良の体に触れた。

世界が――反転した。

＊＊＊

気がつけば、まばゆく輝く星空が、足下いっぱいに広がっていた。

道路という名の血脈に沿って、網の目のように広がり瞬《またた》くそれは、地上の星。別名、東京のネオン。

（私……浮いてる）

浮かんでいるのだ。なんの乗り物にも乗らないで、ビルや道路をはるか下に見下ろせる上空に浮いてしまっている。

上を見れば、今度は本物の夜空が広がる。

満月よりも明るく発光する、例の『光』の方角を除けば、地上の方がよほど星が多く明るく見えるのが皮肉ではあった。

私は無意識に口元へ手をやろうとして、今度はその爪の色に違和感を覚えた。

学校なら校則違反になるはずの、グラデーションの入ったジェルネイルだ。あらためて見れば、服装もさきほどまでとまったく違う。ＯＬが通勤に着ていそうな、半袖のカットソーとパンツ姿で、足下は白のパンプス。

もしかしてこれ――死んだ時の私の格好？

「――イチノセサクラさん」

声は私の後ろからするのだけれど、うまく振り返ることができなかった。

本当にどういう力が働いているのか、地面にいる時とは、方向転換の仕方がぜんぜん違うようなのだ。

またも不器用にもがいている私の目の前に、その子の方がスムーズに回り込んでくれた。

「咲良……」

「やっと会えた」

静かに、呟くような喋り方だった。

人見知りは間をもたせるのも苦手なのか、すぐに目を逸らして光の方を見上げてしまう。

「もう、行かないと。時間あんまりないから、さよなら」

「さよならって――」

その行き先にあるのは、どう見ても天国だろう。

「駄目よ。行かないでよ。死んだのは私なんだから、ちゃんと咲良の体に戻って生きてよ」

「そう言われても……私の寿命は、全部使い果たしてるから」

そっけなく咲良は言った。

「これはロスタイムみたいなものかな」

驚いて声もない私に、彼女は続けた。

「ねえ、イチノセサクラさん。もしかして、助かるはずの人間の体に入りこんだって思ってる？　他人の体を盗《と》ったみたいな」

「――それは、実際その通りで」

「違う。そうじゃない。あの日ね、私も『死んだ』んだよ。肉体よりも先に、魂の方が致命傷をくらっちゃったの。魂が無事なのに、体が死ぬまで壊れたあなたとは逆」

私は信じられなくて、そんな咲良の体に手を伸ばしてみた。

指先が震えてしまう。でも、逃げずに触らせてくれた咲良の肩は、ほとんど感触がしなかった。それは私のせいなのかもしれないし、咲良のせいなのかもしれない。

「心と、体と。全部ばらばらのちぐはぐに分かれちゃったから、こんなところで会うことになったのかもね」

この子も死んでいるなんて、そんな——。

私は、泣きたくなって咲良を抱きしめた。

生きている間は、一度も交わらなかったもう一人の『さくら』。

「ごめんね、怖い目に遭わせて」

「……あなたが私を生かしてくれて、それは私も嬉《うれ》しいの。うっとうしい家の人たちも泣かずにすむから」

「咲子《さきこ》さんたちのこと……？」

「そう。超うざい」

思春期らしい言葉の悪さで、親への愛を示してくれた。

普通の、ごく普通の女の子だった。

「早すぎるわよ」

十七なんて。

したいことも、やれることも、この先沢山《たくさん》あっていい時なのに。

「確かに人よりは早かったけど。でも、言うほど悪い人生でもなかったと思う。好きな人もできたし」

がまんができなかった。私は本気で声を出して泣いた。

「生きて。あと、あの人が迷ってるようだったら伝えて。あなたのせいじゃないって」

「咲良――」

それは、ちゃんと自分の言葉で伝えるべきじゃない。自分の声で。できないの？ もう無理なの？

円城咲良の手が、私の抱擁《ほうよう》をほどいて、トンと胸をついた。

無重力空間で、慣性の法則が働くのに似ている。押された私の体は地上へ、押した咲良の体は反対方向の天へと引き離されていく。

どんどんと間の距離が広がっていく。

「咲良！」

遠く遠く。あの先にあるのは光。私の呼び声も届かない、夜空の高いところで扉を開けている、暖かな光の向こうへと消えていく咲良。

その姿が、完全に光の中へ吸い込まれた。

やがてその光自体も消えて、私は。

私は——。

＊＊＊

「——せ。市ノ瀬。起きろ！」

垂直落下を続けたあげく、またもや目が覚めた。

鹿山守《まもる》が、こちらの体を抱き起こして、至近距離で名前を連呼しているところだった。

高校の屋上の、冷たいコンクリートの上である。投げ出された自分の手を確かめたら、ネイルの光がなくなっていたから、何が起きたのかはそれでわかった。

「いきなり倒れたんだぞ。大丈夫か——」

私は、うるさいよと言うかわりに、右手で奴の顔を押しのけた。

「おい」

「そうだよ、私だから。もう言わなくて平気。大丈夫」

私は、円城咲良の体で起き上がる。

言わなければならないことがあった。

咲良の恋人、波賀先生は、風が止んだ屋上のコンクリートに、放心状態で座り込んでしまっていた。

サンダルが脱げて、ストッキングの踵が破れて、首の骨が目立つほど瘦《や》せた背中が、痛々しくて寂しくて。

「先生。先生。聞いてくれますか」

私が受け取ったこの言葉の意味がわかるのは、たぶん世界中を探しても先生だけだから。

「……あなた……市ノ瀬さんっていうのね」

対する先生は、こちらを振り向かずに言った。

ここまでの私と鹿山の会話は、一応、聞いてはいたらしい。

私はうなずくでもなく、目を伏せる。これも肯定の印になると信じて。

もっとも先生にとってはただ確認を取ってみただけで、私の名前などどうでもいいことかもしれないけれど。

目の前で大事な人に昇天《しょうてん》されてしまったことに比べれば、残った肉体の抜け殻《がら》に何が入っているかなんて、ささいなことだ。

「咲良から、伝言です。あなたのせいじゃない、だそうです」

「でも置いていかれちゃったわ」

ため息まじりに、先生は言った。

「もうこれで、本当にあの子には会えないのね……寿命で死なないかぎり……」

先生は、さっき咲良が昇っていってしまった空の方角を、いつまでも見上げている。

その懸念は、恐らく当たっている。咲良がくぐっていったのは、天国の扉。病室の窓から見た光と一緒だったから。

そして空は今、雲一つなく晴れている。どこにでもある、ありふれた東京の夜空になってしまっていた。

あれだけあった、神々しい光の導きはもうない。

「生きてくださいね」

力尽きるまで。

今ある命が朽ち果てるその瞬間まで。

「お願いしますよ」

「なあ……どういうことだ?」

一人だけ要領を得ないで、控えめに尋《たず》ねてくる鹿山に、私は空を指さしながら教えてあげた。

「そのままよ。終バスが出ちゃったところ」

「え」

「むしろデッドの終電だったかも」

次、あの光を見るのはいつになることやら。

置いていかれたのは、私も一緒。むしろ沢山の課題を背負わされたも同然だった。

「おい、そんな呑気《のんき》に言っててていいのかよ。市ノ瀬。聞いてるのか市ノ瀬！」

ああ——生きなきゃいけないんだって、しみじみと思ったのである。

＊＊＊

その後の話をするというなら。

私は相変わらず、地上の一高校生の体の中で暮らしている。

今日もどこからともなく聞こえてくるメロディーに、吹部《すいぶ》崩れの耳は反応してしまう。

——『威風堂々』。作曲はエルガー。

勇壮で力強く輝いて、でもどこかもの悲しい感じもするこの曲。卒業式の入退場でもよく使われる定番ナンバーだ。私は各パートの音の重なりを意識しながら、行進曲のリズムに合わせて校舎の中を歩いていく。

窓の外の植え込みには、昼でも溶けきらない残雪が光った。

もう月明けには三年生の卒業式や、謝恩会などが目白押しで待っているから、部の練習もそちらに力を入れているのだろう。

年が明けてつつがなく三学期を迎えた新京学園だが、変わったことがいくつかあった。

私はそのうちの一つ、廊下の途中にあるその絵の前で足を止めた。

（……やっぱり綺麗《きれい》だな）

今学期から、昇降口近くのギャラリーに、波賀先生が描いた大きな油絵が加わることになった。

学生の頃から各種のコンクールを総なめにしていたという実力者の作品は、きっと学校の価値を高め、校長先生を満足させてくれるに違いない。

惜しむらくはその波賀先生が、二学期付けで辞めていることだろうか。

退職理由は、留学だという話だ。

妊娠説も根強かったけれど、辞表を出す時の左手に、指輪がなかったという目撃証言は、簡単には覆《くつがえ》せなかった。

それなりにみな熱く憶測《おくそく》を喋って、噂《うわさ》の燃料をだいたい燃やしつくすと、なんとなく下火になって名前も出てこなくなった。今はかわりに来た講師の先生が、うって変わって暑苦しい感じの男の先生で、そちらの話題が多いぐらいだ。

きっともう少ししたら、ここに絵があることも含めて、忘れられるか空気になってしまうのだろう。

絵の中にだけは、嘘《うそ》をつかずに『秘密』が混ぜておけると言っていた波賀先生。

それでも最後には言葉を、恋人からの許しも欲しがってしまった先生。

あの日起きた奇跡は、先生の道行きを救ってくれただろうか。それとも逆だろうか。

（どうですか？）

額縁におさまっている少女の絵は、一度は傷ついて汚されてしまったけれど、あれからまたさらに筆が入って、綺麗な淡い桜色の花びらが、祝福みたいに散っている絵になった。

暖かな光の中で。

ドアのノックを二回すると、「どうぞ」と中から声がした。

私は粛々《しゅくしゅく》と入室する。

「……失礼します……」

社会科教師の鹿山先生は、職員室の自分の席より、社会科準備室で仕事をしていることの方が多い。今回も大量の資料と教材に囲まれたまま、ノートパソコンのキーを叩いていた。

青いストライプのワイシャツとニットベストの上から、チョーク避けの白衣をひっかけて着ている。

私を迎えて、鹿山先生は愛想《あいそ》よく笑った。

「円城か。どうした」

「進路希望調査票です。遅れてすみませんでした」

「そうか、見せてくれ」

私はプリントを手渡す。

向こうは黙って、プリントの内容を確認する。

「……国立文系が第一希望なのは、変わらないのか」

「まあ、どうせなら高いところを目指すべきかな、と」

「英語はなんだかんだ言って、勉強し続けてきた強みはあるよな。TOEIC《トーイック》とかビジネス英語とかで。国語は元から得意だったはずだから、そのうちカンも戻るだろう。世界史は俺の授業やってて、点が取れないとは言わせない。となるとネックは……生物か数学か」

「どっちもなんとかします」

とりあえず死ぬ気で。もう一度、一からやり直す感じで。

「わかった。受け取った」

「よろしくお願いします」

そのまま手元のプリント作りの作業に戻るみたいなので、私は空いていた椅子《いす》を引き寄せて、腰をおろした。

かたかたかたかたと、キーボードを叩く音が響いている。

「……寒いね、この部屋」

「そりゃあな。出すもの出したら出ていってもいいんだぞ」

「あ、自分だけ電気ヒーターを」

「俺の自腹だ。お前の方には向けてやらん」

なんと情け容赦《ようしゃ》のない返事。これはもう完璧に可愛《かわい》い生徒に向けた言葉ではない。

ならいいんだなと思って、こちらもすっぱり切り替えることにした。

「……さっきさあ、一階の波賀先生の絵を見てきたのよ」

「そうか。それで？」

「綺麗でね、でも見てるの私だけでね、ちょっと切なくなったっていうか」

「ああ」

「それだけ。オチはなし」

自分でも、けっきょく何が言いたいのか、よくわからなかった。

波賀先生が、本当のところで咲良を手にかけていたのかどうか、詳しいところは明らかになっていない。目の前のこの男が、表だって告発するようなことをしなかったからだ。

事件か事故か。

突き詰めれば疑わしきは罰せずにつきるというか、あの場に飛んできて先生を救おうと思った咲良の行動が全てだろうというのが、鹿山の弁。

それについては、彼女と直接話もした私も賛成であって、だから私は、自分なりに空白のピースを補完することにしている。

たぶん、当日の咲良は疲れていたのだろう。恋人としたくもない喧嘩《けんか》などもして、いろいろ考えることがあって、帰り道の足下も怪しかったかもしれない。それでついうっかり足を滑らすようなことがあっても、別におかしいことではない。

疲れた時にパンプスの踵が折れたら、誰だって転がる。それに似た作用は誰にだって起きる。

誰に話すわけではないけれど、私はそう思うことにしている。

（まあ、せっかく本人に会ったのに、なんでもっと真相に迫る話を聞いてこないんだって、鹿山にめちゃくちゃ怒られたけどさ）

何事も、ムードや場の流れというものがあるだろう。あの時はそれを聞く場ではなかったから、話題に上らなかっただけだ。それしきのことが理解できない男は、無粋《ぶすい》や非モテと呼ばれるのだ。

咲良の魂はすでに昇天済みで、それ以上確かめようがない。

置いていかれた波賀先生は、あの絵だけ学校に残して旅立ってしまった。

そして、生きてと言われた私も。

「けっきょく確かなのって、私が旅立ちそこねたってことだけなのよね……」

「なんだよ、いきなり」

「いや、どうやってもこの体でやってくしかないんだなって思って」

最近はさすがに、腹もくくれた感じだ。観念するというか。

でもやだなあ、受験。大学受験。前の時からずいぶんたっているし、しかもけっきょく推薦《すいせん》でねじこんでもらったというね。

センター試験とか、実はやったことないんだよなあ……。

そんな感じで、たまに課題の多さに不安でどうしようもなくなるけれど、やれるだけのことはやりたいと思う。

約束したから。託されたから。一足先に行ってしまった円城咲良のためにも、その体の中で生きる私のためにも。

後悔だけはしないように。

「ねえ、鹿山」

私はここでも勇気を振り絞り、あらためて同じ部屋の中にいる男の名前を呼んだ。

向こうはキーボードを打つ手を止めて、こちらを見る。

「なに？」

「その……私じゃ駄目かな。私、今でも鹿山のこと……」

いろいろ言葉を濁《にご》して、これ以上はっきりとは言わないけど、そこは汲み取って受け取っていただけたらと思う。

鹿山は言った。

「駄目」

え。

「俺は波賀先生とは違うから。生徒と恋愛はしません」

すげなく言った。けんもほろろという表現が、ぴったりきた。

……い、いや、うん、まあ、それはその通りなんだけどね……。

でもそこはね、できればもうちょっと融通《ゆうずう》をきかせてほしいというか。即答かよ。真面目だな本当に。

そもそもこちらのことなんて、好きじゃないのかもしれないけど。

駄目か。やっぱり。

思いながらどんどん落ち込んでくる。頭が下がってくる。

「だから、とっとと卒業してください」

そして現金な私は、こんな返事に飛び上がりそうになるのだ。

「そ、それって……」

「その後のことは、その時考えればいいだろう。時間なんていくらでもあるんだから」

内心浮き足だって、いてもたってもいられない私に、鹿山が笑う。

「楽しみだな？」

その笑顔に、何かセンター試験とは別種の不安も覚えてしまう。

「……肝《きも》に銘《めい》じておきます」

「肝かよ。なんでそこで前向きに考えられない」

「いや、だってなんか浮かれちゃいけない気がしたから……」

そういやこいつ、飛ばす時は本当に飛ばすんだよなとか。そんなどうでもいいことを、今さら思い出したりもする。さすがに十年たっていれば、昔通りではないと思いたい。楽しみだが怖くもあり。怖いけれど楽しみでもあり。この気持ちは偽《いつわ》りないところだ。

私は立ち上がって、生徒モードで「失礼します！」と退散した。

（ああびっくりした）

思いきって当たって砕けて、良かったのか悪かったのか。たぶん良かったのだということにする。

とりあえず家に帰って、コーヒー飲んでから宿題の数Ⅱと英文法を片付けよう。

受験も大事だけど、卒業も大事だし。中間も期末もあるし。

先の話を語るのは、その後だ。

私は気を取り直して、上履きの足を一歩踏み出した。

※この作品はフィクションです。実在の人物・団体・事件などにはいっさい関係ありません。

集英社オレンジ文庫をお買い上げいただき、ありがとうございます。
ご意見・ご感想をお待ちしております。

● あて先
〒101-8050　東京都千代田区一ツ橋2-5-10
集英社オレンジ文庫編集部 気付
竹岡葉月先生

集英社
オレンジ文庫

放課後、君はさくらのなかで

2017年9月25日　第1刷発行

著　者　竹岡葉月
発行者　北畠輝幸
発行所　株式会社集英社
〒101-8050東京都千代田区一ツ橋2-5-10
電話【編集部】03-3230-6352
【読者係】03-3230-6080
【販売部】03-3230-6393（書店専用）
印刷所　凸版印刷株式会社

※定価はカバーに表示してあります

ISBN 978-4-08-680148-5 C0193

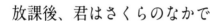

集英社オレンジ文庫

せひらあやみ

原作／森本梢子

小説

アシガール

足の速さだけが取り柄の女子高生が
タイムマシンで戦国の世へ。
そこで出会った若君と
一方的かつ運命的な恋に落ち、
人類史上初の足軽女子高生が誕生した!!